「……ううう……一緒にというのは、
それはそれで別の恥ずかしさがありますね」
「ディアヴロ！
あたしともね！」

「ふふふ、どうだ、ディアヴロ？
マオーの魔力の味は？」

「魔王様の力を感じるう……
あああぁぁぁ……」

「醜い！」
音がする勢いで、アリシアが触手を踏みつけた。

異世界魔王と召喚少女の奴隷魔術13

むらさきゆきや

講談社ラノベ文庫

CHARACTERS

ディアヴロ

この異世界によく似たゲームのトッププレイヤーだった。実はコミュ障で、魔王を演じていないと会話もままならない。

自称『異世界の魔王』。

レム・ガレウ

豹人《ひょうじん》族《ぞく》の召喚術士。拳聖の才を持つ。とうとうディアヴロと気持ちを確かめ合った……はず。

シェラ・L・グリーンウッド

エルフの王族。ディアヴロを国王に迎えて王妃となった。召喚術士を名乗るが、弓の名手。言動がゆるい。

登場人物紹介

教会の最高権力者《大主《だいしゅ》神官《しんかん》》。枢教院から助けてくれたディアヴロを神のように崇めている。

公爵令嬢で国家騎士なのに、実は人族が嫌い。帝国に捕らえられて、魔導機兵《マギマティックソル》ゴルディノスの中に。

リフェエリア王国の宰相だったが、祖国を裏切った。王宮騎士団を率いて逃亡中。

魔王復活を成した偉大な魔族なのに、クルムのビスケット代のためにアルバイトの日々。

最強の魔王クレヴスクルムなのだが、たんなるビスケット大好きの幼女だった。

contents

口絵・本文イラスト／鶴崎貴大
デザイン／AFTERGLOW
編集／庄司智

これまでのあらすじ

MMORPGクロスレヴェリ——そのゲームにおいて坂本拓真《さかもとたくま》は圧倒的な強さと、雰囲気のある演技《ロールプレイ》により『魔王』と呼ばれていた。

ある日、拓真はゲームそっくりの異世界に召喚される。目を覚ますと、豹人族《ひょうじんぞく》の少女レムと、エルフの少女シェラが〝召喚主は自分だ〟と言い争っていた。

拓真は優秀なゲーマーだが、コミュニケーション能力は絶無だ。素で女性と話すことができず、ゲーム内でやっていたように魔王を演じる。

「くだらん争いはやめるがいい。貴様らは今、ディアヴロの前にいるのだぞ」

エルフの宗主国グリーンウッドのキイラ王子が、妹シェラを連れ戻そうとする。ディアヴロは秘宝の召喚獣《フォースヒュドラ》を撃破し、ファルトラ市の領主ガルフォードとも戦い、シェラを守り抜くのだった。

魔族の儀式により、レムから魔王クレブスクルムを取り出す。復活したのは、なんとビスケット大好きな幼女だった⁉　クルムと名付ける。

しばらくは平穏な日々を過ごすが……国家騎士アリシアの裏切りにより、クルムが魔王として覚醒して大暴れしてしまう。なんとか落ち着かせたディアヴロは、もう暴れないという約束の証《あかし》として、クルムに《奴隷魔術》をかけるのだった。

大主神官《だいしゅしんかん》ルマキーナを助ける。そのために、自作ダンジョンを攻略したディアヴロは、グラスウォーカーのホルンや魔導機《マギマティック》メイドのロゼを仲間にし、無数の武具も手に入れた。

王都の大教会から、腐敗した《枢教院《すうきょういん》》を一掃する。

《盗賊《シーフ》》として活躍したホルンだが、魔術師に憧れ、魔術学院に入学するのだった。

エルフ王（シェラの父親）が崩御した。祖国へ戻ったシェラは、望まぬ結婚を迫られてしまう。それを阻止したディアヴロは、なんとシェラと結婚することに⁉

彼女に《結婚指輪《マリッジリング》》を渡し、グリーンウッド王に即位するのだった。

ディアヴロは次なる強敵《大魔王モディナラーム》と戦い、これを粉砕する。そして、囚《とら》われていたレムを救出するとき、彼女にも《結婚指輪《マリッジリング》》を渡すのだった。

リフェリア王ダルーシュから依頼を受ける。

南方新地カリュティアは、レムの故郷だ。彼女の実家はガド一門と呼ばれる武闘家集団だった。ディアヴロはレムの叔母ソラミに翻弄されつつ、輝功《きこう》の特訓を受ける。

依頼の討伐対象はコボルトだ。ところが、ディアヴロたちは彼らと仲良くなってしまい、とうとうリフェリア王国と対立してしまう。


急転直下、東方のゲルメド帝国が侵攻してきた。

主力となるのは、ロゼが使っているのと同じ魔導機兵《マギマティックソル》である。指揮官の名はアイラ。

なんと、王国側の親征軍は壊滅――リフェリア王は戦死してしまう。

宰相ノア・ギブンは国を捨て、王宮騎士団と共に失踪した。

ゲルメド帝国軍に、王都セヴンウォールは占領される。大教会堂のある第十二地区だけは、どうにか敵の侵入を防ぐが……

レムは、どうやら皇帝の捜している《器の少女》であるらしい。執拗《しつよう》に狙われる。

ディアヴロは覚悟を決め、魔導機兵《マギマティックソル》を撃破し、敵兵を殺《あや》めるのだった。

一方――帝国に囚われたアリシアは、実験として魔導機兵《マギマティックソル》《金のゴルディノス》に放りこまれる。今まで全員が捕食されてきたのに、なんと彼女は適合者となった。

燃えるような赤い瞳で、アリシアは周囲を睥睨《へいげい》する。

「……醜い」

金のゴルディノスの第一声だった。

第一章　エリーナ・ルフォリア

戦の臭いが漂っている。

街が戦場になったときには、血や鉄の臭いはあまりしない。木や布や油が燃える臭いが満ちていた。

まだ昼過ぎだというのに、火災の煙のせいで空が黒雲に覆われているかのようだ。

敵も味方も、大勢が死んでいた。

どうやら、帝国軍は引き上げたようだ。もう交戦の音はなかった。

第十二地区を防衛したことで、王国側の教会兵は勝ったかのように盛り上がっている。

しかし、倒れている者たちを見れば、勝敗は明らかだ。

味方側は劣勢だった。

ディアヴロは《飛翔《ひしょう》》の魔術を使い、教会の《深殿《しんでん》》へと向かう。

——これが、戦争なんだよな。

ディアヴロは初めて目にするわけではない。

ジルコンタワー市防衛戦では魔族軍との戦に参加している。ファルトラ市で大魔王との戦いにも加わった。

しかし、人と人の戦は初めてだ。

直視しがたい光景に、ディアヴロは改めて嫌悪感を強くする。

それと同時に、この壮絶な場所で、大切な者を失わなくて済んだことに、安堵《あんど》もしていた。

腕のなかにレムがいる。

「……ありがとうございます、ディアヴロ」

「フンッ」

素っ気なく返した。

こんなとき、魔王がどんな顔をしていいか、わからなかったからだ。

ディアヴロは尊大に振る舞い、異世界の魔王を自称する。

しかし、その中身は、コミュ障のヒキコモリ廃人ゲーマーだった。

この世界に来るまでは、女の子と手を繋《つな》ぐどころか、ろくに話した記憶もないくらい。

最近、かなり人と接することに慣れてきたのでは――と自己評価しているが、まだまだ余裕はなかった。

そんな自分が……？

ディアヴロは先ほどの行為を思い出す。

レムを、敵にあやうく連れて行かれるところだった。

両脚を潰された彼女を見たとき——ディアヴロは激しく動揺したし、後悔したし、激怒した。

恐怖心も道徳心も押し殺し、攻撃魔術を連発し、敵を撃破し、助け出した。

彼女の負傷をアイテムで治癒したときは、安堵で泣きそうになった。

感極まってしまった。

いや、そんなのは言い訳ではないか？

まさか、こんな自分が！

ディアヴロは別の意味で激しく動揺していた。


——キキキキキスしてしまったああああッ!?


行為そのものは初めてではない。召喚直後の《隷従の儀式》でもしたし、大魔王モディナラームを倒したあとにも、レムとシェラから、そういうことをされた。魔術儀式でもなくアクシデントでもなく勘違いでもなく。

しかし、ディアヴロから求めたのは初めてだ。

互いに求め合って。

存在を確かめるように。

唇を重ねた。

そんな恋人同士のような行為が、自分の人生にあっていいのだろうか？　何かの間違いではないのか？

そう思う一方で、そもそも恋人どころではない関係だ、という事実もあった。

ディアヴロは左手の薬指に指輪を嵌《は》めている。

――結婚指輪《マリッジリング》。

元世界でゲームをやっていた頃は、これを装備した挑戦者にだけは、容赦のない全力の最大級のトラウマになるほどの殲滅《せんめつ》を与えてきた。

嫉妬だ。

ああ、嫉妬だとも！

狂おしいほどの嫉妬に燃えて、機械のような冷徹さで、考えられる限りにおいて最も効率的に滅びへ導いてやった。

〝思い知ったか、リア充！　爆発しろ！〟

そう叫んだものだ。

ディアヴロは苦悩する。

「うぅ……俺は俺を爆破すべき……いや……」

「大丈夫ですか、ディアヴロ？　どこか痛いのですか？」

レムが不安げに問いかけてきた。

頭を左右に振って、どうにか魔王の演技を取り戻す。

「なんでもない！　少しＭＰ《精神力》を使いすぎたかもしれぬな……まぁ、あとで回復しておくだけのこと」

この異世界にきて経験したことだが……

ＭＰ《精神力》が減ると精神的に弱くなる。

以前、ＭＰ《精神力》が枯渇したときは、しばらく無気力状態になり、寝ていることしかできなかった。

今は大量にポーションを用意してあるので、そんな事態にはならないが。

この動揺は、きっとＭＰ《精神力》が減ったせいだ――とディアヴロは割り切る。

いつまでも浮ついているわけにはいかなかった。

まだ戦は続いてる。

自分が負ければ、レムを失うことになる。もう一人の少女シェラも、他の仲間たちも。

なにより、こんな凄惨な戦を、長引かせるわけにはいかない。

浮ついている暇などないのだった。

†

「ディアヴロ様！　よくぞ、ご無事で！」

深殿の最深部にある《火の祈りの間》――

大主神官《だいしゅしんかん》ルマキーナが椅子から立ち上がり、こちらへと駆け寄ってきた。

普通ならば、ありえないことだ。

彼女は教会で一番偉い、神の意思を伝える者だとされている。どんなときも、奥の椅子に腰掛け、信者たちを言葉で導くのが役目だった。

そんなルマキーナが駆け寄ってくるなんて。

しかし、今は戦時中であり、ディアヴロは肩書きだけは聖騎士長である。

部屋には聖騎士トリアや、他の高位神官たちもいるが、ルマキーナが伝統や格式から外れたことをしても、それを咎《とが》める者はいなかった。

「レムさんも、よく戻ってくれました！」

ルマキーナの言葉に、彼女は小さくうなずく。

「……ディアヴロが助けてくれたので」

「さっそく治癒の祈りを」

「……必要ありません。ポーションで、すっかり回復できましたから」

ばたばた、とレムが脚を振ってみせる。

魔導機兵《マギマティックソル》に潰され、見るも無惨な有様《ありさま》となっていたが、今はかすり傷ひとつなかった。つややかで張りのある肌は健康的で、筋肉はよく鍛えられて引き締まっている。

ディアヴロは厚手の絨毯《じゅうたん》の上に、彼女を降ろした。

「念《ねん》の為《ため》だ、治癒を受けておけ」

「……しかし、わたしなどより多くの重傷者が」

ルマキーナが諭すように言う。

「大丈夫ですよ、レムさん。ここは教会の中心地たる深殿です。多くの高位神官がおりますから、癒やし手は足りていると報告を受けています」

「そうなのですか？」

「少し気になることもあるのです。しばらく、任せていただけませんか？」

ルマキーナは教会の最高位という立場にもかかわらず、頭を下げて頼みこむ。

レムが恐縮して、尻尾を垂らした。

「……あ、あの、すみません。大主神官の祈りを断るなど……あまりに無礼でした」

「よいのです。こんな状況ですから些細《ささい》なことを気にするものではありません。祈りを受けていただけますか？」

「はい」

「レムさん、横になってください。目を閉じて、楽にしてくださいね？」

「……わかりました。その前に少しだけ」

レムの黒い瞳が、こちらを見つめる。

「……ディアヴロ……近くにいてくれませんか？」

「む？」

「……すみません、子供みたいなことを。なんだか、あなたが遠くに行ってしまいそうで……不安になりました」

「ふんっ……下らぬ心配をするな。帝国軍は撤退したようだ。しばらくは仕掛けてこないだろう。魔導機兵《マギマティックソル》というのは、長時間の戦闘ができないらしいからな」

「そうなのですか？」

「うむ、そういう設定を……いいや、つまらぬことを気にするな！　貴様は自分の身体《からだ》のことだけを考えておけ。我は誰に束縛されることもない。居たいと思う場所に居る！」

強い口調で言い放った。

ふわっ、とレムが笑みを浮かべる。

「……わかりました。それなら、安心です」

「フンッ！」

ディアヴロは照れて頬が赤くなりそうだったので、マントを翻して背を向けた。

「ルマキーナ、任せたぞ！」

「はい、ディアヴロ様」

彼女が深々と頭を下げる。

どうやらルマキーナは、今でもディアヴロのことを神様として信仰している様子だった。明確に否定したはずなのだが……

†

ディアヴロは一人で《火の祈りの間》を出た。

廊下の先から、甲高い声が——

「ディーアーヴー……!!」

「ん？」

「ロー!!」

叫び声と同時に、やわらかいものが体当たりしてくる。

「むご……っ!?」

ふたつのやわらかなふくらみを、ぎゅうぎゅうと顔に押しつけられた。

もうこの感触だけでわかる。

「ディアヴロォ、恐《こわ》かったよー!!」

「もごもご……」

「ドカン！　ドカン！　って大きな音がして、ぐらぐらぐらぐらーって揺れて！」

「んもんもんご……」

「ディアヴロ？」

顔に張り付いた感触を、押しのけた。

「ぷはっ！」

息ができない！

「やん」

シェラが甘い声をあげた。

種族としては痩身なエルフにもかかわらず、彼女は巨乳だ。

たゆん、たゆん、と揺れていた。

そのうえシェラはあまりに美人だった。さすが〝神族に最も近い〟といわれるエルフの王族だ。かなり長く一緒にいるのに、いまだに顔を近付けられるとディアヴロは赤面しそうになる。

ぐぐーっと彼女が、顔を覗《のぞ》きこんできた。

「どうしたの、ディアヴロ？　悲しいことがあったの？」

「あ……う……」

「そうだよね……いっぱい悲しいことがあったよね。ごめんね、何も手伝うことができなくて」

シェラが視線を落とす。

花が枯れたように感じられた。

彼女の笑顔は場を明るくするし、消えれば暗くする。

ディアヴロはシェラの肩に手を伸ばして——結局は、照れて触れることができず、曖昧に空《くう》を掴《つか》んだ。

「笑っているがいい」

「え？」

「貴様にできることは、それくらいだ」

「うぅ……こう？」

シェラが苦しげな笑みを作った。

違う。

そういう感じじゃなく、もっとこう元気づけるような……

情けなかった。

自分は、たった一人の少女——しかも結婚指輪を交わした相手を——笑顔にすることもできないのか。

強力無比な魔導機兵《マギマティックソル》を倒すより、少女一人を笑顔にするほうが、よほど難しかった。

「…………」

黙りこんだところへ——

場違いなほど明るい声が、二つも飛んでくる。

「やあやあ、ディアヴロさん！　お疲れ様だねえ！」

「お疲れ様っす、ダンナ！」

たたた、と廊下を駆けてきたのは、グラスウォーカーの二人だった。

ファルトラ市の冒険者協会会長《ギルマス》シルヴィ。

魔術師志望の盗賊《シーフ》ホルンだ。

どちらも子供のように見えるが、ホルンは十三歳。シルヴィは年齢不詳であるが、おそらく年上だった。

グラスウォーカーは大人になっても容姿が変わらない種族だ。それと、ウサギのような耳と尻尾があるのが特徴だった。

そのウサミミをひょこひょこ動かして、シルヴィが手招きする。

「教会の人たちが食事を用意してくれたよ？　ダメージはポーションで回復できるけど、

お腹《なか》が空《す》いてたら何もできないからね」

——食事か。

シェラが両手を合わせる。

「そうそう！　美味《おい》しそうだよ、ディアヴロ！　ゴハンを食べよう⁉」

食事は必要だ。

早朝に戦闘が始まり、もう昼過ぎになる。

食べられるときに食べておいたほうがいいだろう。

ホルンが拳を振り回す。

「ウチ、見てたっす！　ダンナ、チョー強かったっす！」

「む？」

「帝国の赤い巨人を魔術で撃破したとこ！　ちょうど見えたっす！」

「…………」

「そんで、白い巨人もやっつけて、レムさんを救出したんすよね！　やっぱり、ダンナの魔術は最強っす！　ウチもあんな魔術が使えたらなー」

「くっ……」

ディアヴロは思い出す。

《白のビヤトノス》を撃破したときの声を——

『あっ、あああああ……いやだ！　潰れる！　潰れる！　助けて！　ミグルタさん、ミグルタさん！　アイラさん！　エリーナ！　みんな、助けて！』

『機体を捨てなさい、リッカ！』

『開かないんですよ！　開かない、開かな……あああああ……お母さん、お姉ちゃん……助けて……誰か、助けてえええええッ‼』


耳にこびりついてる悲鳴。

ディアヴロの胃から、何かがせりあがってきた。

「ウッ……」

空でなかったら、吐いていたかもしれない。

口の中にあがってきた苦い胃液を、密《ひそ》かに嚥下《えんか》した。

ディアヴロは背を向ける。

――人が乗ってた。

魔導機兵《マギマティックソル》は有人の兵器だった。モンスターではないし、悪党でもない。ただ、敵だっただけ。

ホルンが尋ねてくる。

「あれ？　どこ行くんですか、ダンナ？　トイレっすか？」

「お前たちだけで食べるがいい」

「えぇーっ!?　食べないんすか!?　だって、朝から何も食べて……!!」

追いかけてこようとするホルンを引き留めたのは、意外にもシェラだった。

寂しげな声で言う。

「ディアヴロ、お腹が空いたら……一緒に食べよう？　あたし、待ってるからね……？」

申し訳ないと思いつつも、吐き気は治まらなかった。

今は食事する気になれない。

――食べたくない。

そんな言葉を家族に残して自室に閉じこもった、元世界での生活を思い出した。

†

ディアヴロは廊下を歩く。

いつもなら、何も言わずともシェラたちが後をついてくるが、今日はそうする者はいなかった。

独りになりたいのを察したのか。

あるいは、自分はそんなにも近寄りがたい雰囲気なのか。

「くっ……」

コミュ障ではあっても、空気を悪くしたいとは思っていない。

むしろ、空気を悪くしたくないから、あれこれと言葉を選んで決められず、結果として言葉が出なくなる。

罪悪感から呼吸すら苦しくなって、余計に頭が回らなくなり、最後はパニックに……

――いやいやいや！　今の俺は魔王だ！

この世界の自分は、魔王ディアヴロ！

俺は魔王！　俺は魔王！　俺は魔王！　俺は魔王！　俺は魔王！

何度も念じて、憂鬱になった気持ちを奮い立たせた。

シェラたちには、うっすら演技だとバレつつある気がするが、関係ない。

「ふははは！　我は、魔王なのだからな！　少しくらいトゲトゲした態度で、空気が悪くなろうと、知ったことではない。むしろ、当然！　当然だ！　魔王がフレンドリーなほうがおかしいではないか！」

「あの……」

ひぇ⁉

急に背後から声をかけられた。

悲鳴を声に出さなかった自分を褒めたい。

独り言を聞かれるほど恥ずかしいことはなかった。

内心では赤面しつつ、表では凶悪そうな顔を作って、振り返る。

「貴様！　我を呼び止めるとは、相応の覚悟があるのだろうな……⁉」

「も、申し訳ありません！」

青色の鎧《よろい》。

聖騎士トリアだった。

教会が枢教院《すうきょういん》に支配されていた頃に、ルマキーナを助けるために尽力した、本当に信仰心の厚い女性だ。

背筋に棒を通したように真《ま》っ直《す》ぐ立ち、緊張した面持ちだった。

「せ、聖騎士長ディアヴロ様、先ほどのお言葉なのですが！」

「おおお言葉だとぉ～？」

声が少し震えた。

ディアヴロはドッタンバッタンと、のたうちまわりたい衝動に駆られる。

――独り言くらい許せよ！

聞かなかったことにしてくれよ！

心の平穏を保つために、魔王の演技が必要なんだよぉぉおっ！

内心で泣き叫びつつ呼吸すら止めて固まっていたディアヴロだったが……

トリアが持ち出したのは、どうやら別のことだった。

「レム様と、お話ししていたときのです」

「む？」

「ゲルメド帝国の魔導機兵《マギマティックソル》について、お話ししていたかと思うのですが……詳しく、お伺いできればと」

独り言の件じゃなかった！

一瞬にして、ディアヴロは平静を取り戻した。

尊大に腕組みをする。

「ふんっ……我を失望させるなよ？　問いを語るがよい」

「〝魔導機兵《マギマティックソル》というのは、長時間の戦闘ができない〟とおっしゃっていました。本当なのでしょうか？　それならば、兵たちを休ませることができます」

ああ、なるほど――とディアヴロは納得した。

自分は戦争なんて経験がない。

シミュレーションゲームすら熱心にやったことがないから、用兵なんて知らない。

政治も軍事も興味がなかった。

それでも、想像くらいはできる。

教会兵たちは、今も帝国軍の攻勢に備えて、待機しているのだろう。

なにせ王城が陥落したのだ。

帝国軍は運河を渡ったすぐ先にまで来ている。

地区を跨《また》ぐ連絡橋は破壊してあるが、魔導機兵《マギマティックソル》には飛行能力もあった。

警戒するのは当然だ。

――どう説明するかなぁ？

スマートフォン用ＳＬＧ《ガールズアームズ》の設定では、各ユニットにＥＴ《エネルギータイム》がある。

出撃すると減少し、ＥＴが尽きると撤退となる仕様だ。

特殊能力を使うと消耗が激しくなる。

ゲルメド帝国は《器の少女》とかいう理由でレムを追っているうえ、王国側の教会兵の疲弊は目に見えるほどだった。

にもかかわらず、魔導機兵《マギマティックソル》たちは撤退した。

この世界にもＥＴの制約があるのは、ほぼ確実だろう。

〝ゲームの設定だから、当分は来ないと思うぞ！〟

言えない言えない。

おそらく、トリアに話しても納得してもらえないだろう。大勢の命がかかっているのだ、信用されなければ意味がなかった。

ディアヴロは偉そうに言い放つ。

「くっくっくっ……貴様は、戦った相手の限界もわからんのか？　あれは消耗が激しく、休息が必要だ」

「も、申し訳ありません！　さすがは聖騎士長です！」

トリアが恐縮して頭を下げた。

ディアヴロも戦ったくらいでETの制約まではわからないが……

全力で威張っておく。

「敵の所作から、それくらいは見抜いて当然だ！　兵たちを休ませておけ。帝国の主力は動けぬ。まぁ、もしも無理に攻めてきたとしても、我が焼き払ってくれるッ！」

「ありがとうございます！　見張りを残して兵たちを休ませます」

「うむ！」

いつもの魔王ロールプレイだった。

しかし、自分の言葉で、またも思い出してしまう。

炎に包まれた魔導機兵《マギマティックソル》――

《バーストマイン》で焼き尽くされた、内部。苦しげにもがく触手。

黒焦げになった人形《ひとがた》の何か。

少女の亡骸《なきがら》。


また吐き気に襲われる。

「うっ……」

「聖騎士長？」

「……なんでもない……敵が来たら、真っ先に報せ《しら》るがよい」

「畏《かしこ》まりました！　聖騎士長、ありがとうございます。実は難儀しておりました、捕虜が何もしゃべらないので」

当然だろう。

捕虜にしたのは一般兵のはず。魔導機兵《マギマティックソル》のことを詳しく知っているわけがなかった。

「乗り手であれば知っているだろうがな」

「はい、そう思うのですが……なかなか口を割らず」

「むっ？　待て」

「え？」

何か妙なことを言った気がする。

彼女の言葉を反芻《はんすう》した。

「……おい、捕虜とは、一般兵のことではないのか？」

「いいえ、聖騎士長が撃破した《赤のブリックス》の騎士です。騎士と言っていいのか、わかりませんが」

馬鹿な⁉

「エリーナ・ルフォリア……だと⁉」

「あ、そう名乗っていました」

トリアがうなずいた。

――間違いなく死んでいたはずなのに⁉

そういえば、《ガールズアームズ》のパイロットたちは、大半が人外だ。

たしか、エリーナの種族は……

「ヤツは……」

「ヴァンパイアは、焼いたくらいでは死にませんね」

ディアヴロはトリアの両肩を摑んだ。

「どこに居る⁉　今すぐ会わせろ！」

「ひゃっ⁉　ち、地上の捕虜収容所に……」

†

深殿は、王都セヴンウォールの第十二地区――大教会堂の中心にある。

宙に浮かんでいる聖所だ。

神様が創ったと言われている。

人の街に深殿が造られたのではなく、深殿のある場所に人が集まり、街ができたものらしい。

深殿は教会の聖域であり、選ばれた者だけが出入りを許されていた。

そこから、浮遊回廊で降りる。

エレベーターだ。

ただし、上下するのは円形の台で、壁はない。

ふらりと転げ落ちたら、普通の人間《ヒューマン》なら助からないだろう。

ディアヴロは《飛翔魔術》が使えるが、聖騎士トリアは無理なので、浮遊回廊を使う。

ゆっくりと地表に降りた。

「こちらです」

トリアの案内で捕虜収容所へ向かう。

元は武器庫だった建物だった。

石壁の頑丈そうな造り。

今は、全ての武器が外へ持ち出されており、空いた部屋に捕虜を押しこんでいた。その用途も考えられた設計らしく、建物内は小さな部屋が無数にある。

その一室――

鉄扉の前に、二人の神官が立っていた。

「これは、聖騎士殿！」

「まだ捕虜は何も話しておりません！」

「かまいません。聖騎士長がお会いになるそうです。よろしいですね？」

「聖騎士長様……⁉」

「この方が……⁉　あっ、承知いたしました！」

トリアの言葉に、彼らはうなずいて鉄扉を開けた。

彼女も廊下に残る。

「それでは、聖騎士長……しばらく、お任せいたします。差し出がましいとは存じますが、ヴァンパイアは不思議な力を使う種族。くれぐれもご注意ください」

「うむ」

ディアヴロは捕虜の部屋に入った。

中に居るのは、鎖に繋がれた少女が一人だけ。

間違いなく、エリーナ・ルフォリアだった。

衣服は着ていない。

脱がされたわけではなく、もともと魔導機兵《マギマティックソル》に乗っているときから裸だった。

薄い胸に、細い手足。

瞳と髪は煉瓦色だ。


——正直、目のやり場に困るな。


しかし、魔王が〝女の子の裸なんて恥ずかしい〟とは言えまい。格好悪い。

ディアヴロは遠くを見るように意識して、目のピントをボカした。

ギロリとエリーナが睨《にら》みつけてくる。

「貴方《あなた》は……ッ‼」

「ふっ……灰になったかと思ったが……なかなか、しぶといではないか？」

魔王らしく言ってみた。

ビクッ、と彼女がひるんだ。

「な、なによ、貴方……変な顔をしないでくださる!?」

変な顔？

ディアヴロは自分の口元に手をやった。

威圧的な口調とは裏腹に、その表情はゆるんでしまっている。

――生きていてくれた。

わかっている。

彼女の仲間を殺したことも、自分が彼女を殺そうとしたことも……何も変わらない。

絶対に変わらない。

しかし、本当なら殺したくなかった。

誰が好き好んで、憎くもない人を殺したいものか！

生きていた！

ディアヴロの視界が潤んだ。口元にやった手で、目元を覆った。

「………くっ」

「貴方？」

「……い、生きてて……よかった……ッ」

「なぁっ⁉」

ディアヴロは目元をぬぐう。

エリーナが困惑していた。

「貴方が、わたくしを殺そうとしたんでしょうに……」

「…………」

「もしかして、貴方も脅されているのかしら？」

「なんだと？」

エリーナは世界の全てを憎むような表情から、年相応の少女の顔へと変わっていた。

「違うの……？」

「貴様らは、脅されて戦っているのか？」

「あ、うっ……」

「事情を詳しく話すがいい」

「ふぅん？　話したら、わたくしたちを助けてくださるのかしら？」

「かもしれんぞ」

「えっ⁉」

彼女の驚きは当然だろう。

しかし、ディアヴロは真剣だった。事情があるのだろう、とは感じていた。

戦っていたときから、疑ってはいたからだ。

この少女も、その仲間の《白のビヤトノス》に乗っていたリッカという者も、ただの悪党とは思えなかった。

むしろ、ディアヴロと同じ程度。

――〝殺されても殺したくない〟なんて平和ボケしたことは言わないが、できれば殺したくない。

それくらいの戦意だった。

彼女たちが帝国に脅されているとすれば、辻褄《つじつま》が合う。

エリーナが押し黙る。

迷っているのか。

しばらく無言で睨みつけてきたが……彼女が深々と吐息をこぼした。

「……もういいか……どうせ、わたくしは」

何か観念したらしい。

ぽつぽつ、と話し始める。

「……わたくしの故郷は、ゲルメド帝国に占領されたのです。小さな人間《ヒューマン》の国で、わたくしの一族はひっそりと紛《まぎ》れ住んでいたのですが」

「ヴァンパイアの一族か」

「わたくしたちはハーフですわ。真祖《しんそ》は滅ぼされ、眷属《けんぞく》たちは狩人《ハンター》から逃げ延び、その小国へ……何百年も昔のことです」

「ふむ」

「魔導機兵《マギマティックソル》に乗っている仲間たちは、だいたい同じですね。アイラ様もミグルタ様もバッキーさんもサヤさんもトゥアハさんもリッカさんも……」

リッカの名前に、ディアヴロは胸が痛んだ。

あちらは助かる余地がない。

レムを助けるためだったから、後悔はしていないが。敵の命まで気に掛けていられる状況ではなかった。

しかし、脅されて戦っていたのだと事情を知って——より深く悔いる気持ちはあった。

自分がもっと上手《うま》く立ち回っていれば、殺さずに済んだのでは？

他の選択肢はなかったのか？

後悔と同じくらい強く、帝国に対する怒りの感情が湧き上がってくる。

「家族を人質にし、貴様らを戦わせているのか」

「ええ……」

「釈然とせんな。魔導機兵《マギマティックソル》が使えるなら、喜んで戦場に出る兵士はいるだろう——人質まで取って貴様に強制した理由は？」

エリーナが兵士として優秀とは思えなかった。

「うっ⁉　わたくしは不本意とはいえ、幾度《いくたび》の戦において負け知らずで……‼」

「自分の力で勝ったのではないぞ。あの魔導機兵《マギマティックソル》の性能のおかげだということを忘れぬことだ」

「わ、わかってますわ！」

「理由は？」

彼女は苦々しげに語る。

「……魔導機兵《マギマティックソル》を操ることができるのは、適合者だけなのです」

「適合者……？」

そういえば、《ガールズアームズ》の設定に、そんなような記述があったか？　少し遊んだだけのゲームなので、詳しくは覚えていなかった。

——選ばれたパイロット。

ありきたりな表現だと思ったのだが……

「魔導機兵《マギマティックソル》の中に入れられた者は、アレに心の内側を調べられるのです」

「ふむふむ」

「そして、満足させられなかった場合には……」

「む？」

ジャラリ、と鎖が鳴った。

ふと視線を落とせば、鉄鎖の繋がった手枷足枷《てかせあしかせ》には、聖印が刻まれている。

ぐっ、とエリーナが奥歯を噛《か》んだ。

言葉を絞り出す。

「……適合できなかった者は……魔導機兵《マギマティックソル》に捕食されてしまうのです」

「な、なんだと⁉」

「帝国軍は、人質を取ったり、《奴隷魔術》をかけて魔導機兵《マギマティックソル》に閉じこめて……試されたのが、どれほどの人数なのかは知りませんが……町が消えるほどの数であることは間違いなく……」

エリーナの瞳から、赤色の雫《しずく》がこぼれる。

これが、ヴァンパイアの涙の色なのか。

「…………」

ディアヴロは絶句した。

以前、少し想像したことがある――

自分はＭＭＯＲＰＧクロスレヴェリによく似た世界へ、ゲームのキャラクターの姿で現れた。

もしかしたら、ＳＬＧガールズアームズの世界へ現れる可能性もあったのか？　そうしたら、彼女たちの指揮官になっていたのだろうか？

——とんでもない。

死ぬかもしれないどころか、ほぼ死ぬような実験によって、乗り手が選ばれるなんて。

しかも、人質を取って戦わせるとは。

固く拳を握りしめる。

「度《ど》し難《がた》いッ！」

「ひっ⁉」

エリーナが怯《ひる》んだ。

また、うっかり魔力を放ってしまったか。

感情が昂《たか》ぶると、そういうことが起きるようだった。

ディアヴロは深呼吸する。

「……服くらいは用意させよう」

エリーナたちの境遇に同情はするが、教会兵たちは仲間や家族を殺されている。敵兵を簡単に赦《ゆる》すことはできなかった。

せめて、人らしく扱うくらいは頼んでみるが。

「服など要りません」

「なんだと？」

「わたくしの待遇なんかよりも、貴方にお願いしたいことがあるのです」

「……お願い……だと？」

「アイラ様たちを助けてください。それが、わたくしの願い。皆、本当は戦いたくなんかないのです」

「助けると言ってもな……」

「《奴隷魔術》の主も、人質の見張りに命令を下しているのも、侵攻軍司令官ドリアダンプという男ですわ！　ゲルメド帝国の大魔導師なのです！　あの男さえ倒せば！　あの男さえ！　きっと！」

言うだけなら簡単だ。

敵軍の司令官を倒すことができれば、おおむね戦況は好転するだろう。そんなことは常識だから、帝国側とて最大限に防備を固めているわけで。

極めて困難だった。

しかも、今のところアイラたちは敵だ。レムを狙っている。魔導機兵《マギマティックソル》は個々が強力で、ディアヴロとて手加減して勝てる相手ではなかった。

常識的に考えれば、引き受ける理由はない。

しかし、ゲーマー的に考えたら別だった。

──クエストは難しいほど燃えるではないか！

ディアヴロはマントを翻す。

「ふははっ！　魔王に助けを求めるとは、奇矯《ききょう》なヤツめ！　だが、我が眼前で巫山戯《ふざけ》た真似《まね》をするとは万死《ばんし》に値する！　ドリアダンプとかいう愚物《ぐぶつ》に、真の魔王の恐怖を知らしめてくれようぞッ!!」

皆を助けるから、ちょっと待っててねッ!!

そんな気持ちをこめて、魔王らしく言ってみた。

エリーナが息を呑《の》む。

その瞳が潤んだ。

ぼろぼろ、と赤色の涙がこぼれる。

「う……うぁ……うあああぁぁぁ〜〜〜〜ッ!!　あああぁぁぁぁぁぁ〜〜〜〜〜ッ!!」

声をあげて泣き出した。

音をたてて部屋の扉が開かれる。

「聖騎士長!?」

「え？　あ、いや……これは……」

「うあぅうあぁぁぁぁぁぁぁぁぁぁぁ〜〜〜〜〜〜〜ッ!! た、たおし……くれる……ッ……あッ、あいつを……アイラ様を……助け……うあぁぁぁぁッ!!」

全裸で泣きじゃくる少女。

思いっきり悪い顔をしているディアヴロ。

聖騎士トリアが複雑そうな表情をした。

「あ、あの……ルマキーナ様から、たとえ捕虜であっても虐待をしてはならぬ、と御触《おふれ》が下っております。どうか、どうか聖騎士長におかれましても拷問などは……」

――いやいやいやいや拷問なんかしてませんよ!?

しかし、そんな言い訳をするのは（以下略）

ディアヴロは廊下へと出る。

「フンッ！ もう其奴《そやつ》に用はない！ 必要なことは聞き出したゆえ、あとは好きにするがいい」

トリアが頭を下げた。

そして、神官たちに指示を出す。

「服を用意してあげてください。敵兵でヴァンパイアとはいえ、人族《ひとぞく》なのですから。大主神官の御心《みこころ》に背《そむ》かぬよう」

「畏《かしこ》まりましたッ！」

任せても大丈夫そうだ。

ディアヴロは捕虜収容所を後にした。

幕間

火が消えたようだ、とクルムは思った。

リフェリア王国の西にある辺境都市ファルトラ。

その大通りを歩いていた。

人が減っている。

いつも、歩くのが大変なくらい賑《にぎ》わっている通りなのに。昼間にもかかわらず、まるで真夜中に出歩いているかのようだった。

「……やれやれなのだ」

クルムはお気に入りの北地区のレストランを訪ねたが、臨時休業の看板が立てられていた。

おそらく、逃げ出したのだろう。

街から人がいなくなる。

クルムは《安心亭》へ戻ることにした。

しばらく歩くと、通りの先に、城門が見えてくる。

再建されたばかりの西の城門から、今も馬車が出ていくところだった。遠ざかる車輪の音。

「ふんっ……」

「うにゃ、クルムちゃん？」

「む？」

声をかけてきたのは、《安心亭》の看板娘——メイだった。

豹人族《ひょうじんぞく》の少女で、今はクルムたちの世話をしている。

少し前に、大魔王モディナラームから街を守るために戦ったことで、クルムはすっかり信用されていた。

魔王だと知っているはずだが、メイは友達のように接してくる。

「どこへ行ってたのかにゃ？」

「《アペティサン》なのだ」

「わー、北地区の高級レストランの？　ランチが評判だよねー」

「まぁ……休業してしまっていたがな」

「あら」

クルムは問わず語りでつぶやく。

「どこへ逃げるというのだろうな？」

西は旧魔王領だ。

少し前まではリフェリア王国が版図を広げていたが、大魔王モディナラームが進軍してきたとき、大半の拠点が失われている。

メイが首を傾けた。

「にゃはは……王様が負けちゃったたって話だから。ゲルメド帝国が西まで来たら、きっとファルトラ市で戦争になるだろう、って噂《うわさ》になってて－」

「当然そうなるのだ。そして、ファルトラが落ちれば、周りの町や村も時間の問題だぞ。魔族なら、そんな小さな集落は気に留めぬが、人族《ひとぞく》は執拗《しつよう》だからな」

ゲルメド帝国は必ず探し出し、あらゆることに利用するだろう。労働力として、兵力として、魔術の実験材料として……

リフェリア王国が理想郷とは思わないが、この国の人族《ひとぞく》にとっては、ゲルメド帝国に占領されるよりはマシに違いない。

隣に並んで歩くメイの横顔を眺める。

――死よりも苦しい目に遭わされるくらいなら、いっそ街ごと滅ぼしてやったほうがよいのだろうか？

そんなクルムちゃん、クルムの考えなど知るはずもなく、メイがニコニコ笑顔で話を続ける。

「クルムちゃん、帝国のこと詳しいんだねー？」

「マオーだからな」

レムの中に残していた欠片《かけら》が戻され、全ての記憶を思い出した。今は、この世界の大半を知っている。

そして、この世界の外のことも、多くを知っていた。

今のクルムは間違いなく完全無欠の魔王クレブスクルムだ。

しかし、変化はあった。

このファルトラ市での生活を気に入っている。ビスケットは美味《おい》しいし、人々の笑顔は嫌ではないし、レストランも美味しいし、大通りのオープンカフェでのんびり過ごすのはいい気分だった。

あと、チョコレートも美味しい。

それは魔王としての破壊衝動より勝る感情だった。

クルムはメイに言葉を送る。

「キサマの出す食事もなかなか悪くないのだ」

「えへへ……ありがとにゃん☆　クルムちゃん、お昼がまだなら用意しようか？」

「うむ！」

ふとクルムは気になった。

「ところで、キサマは逃げぬのか？　マオーの予想だと、一ヵ月もすればゲルメド帝国は攻めてくるぞ」

いくらディアヴロでも、帝国の侵攻を止めることはできないだろう。

おそらく、仲間たちを連れてグリーンウッド王国へ逃げるはず。あるいは、彼の固有空間へ。

メイが困ったような顔をした。

「にゃはは……そりゃあ、恐《こわ》いなって思ってるけど、お客さんがいるから」

「なに？」

「クルムちゃんや、エデルガルトさんがいるし、ディアヴロさんたちも帰ってくるって言ってたし。お客さんがいる間は宿を守るの。安心して帰れる場所――それが《安心亭》なんだよ」

そう言って、彼女は無理やり笑みを浮かべた。

客の為《ため》に残っていたとは。

クルムの胸の奥に、ふつふつと未知の感情が渦を巻く。それは初めて抱く痛痒《つうよう》だったが、厭《いと》わしいとは思わなかった。

「……マオーたちのため、か」

「あ、きっと、ファルトラには強い領主様がいるから、大丈夫じゃにゃいかと思うな！」

「強い領主？　ガルフォードか……まぁ、人族《ひとぞく》にしては高レベルだが、勇者の格ではないのだ」

大魔王モディナラームに圧倒されるようでは、帝国の魔導機兵《マギマティックソル》には勝てぬだろう。

メイが頬を掻《か》いた。

「あにゃ？　もしかしてクルムちゃんて、勇者様を知ってるのかにゃ？」

「前世で戦ったからな。一対一なら負けぬ」

人族《ひとぞく》は単独では限界がある。

クルムが、ディアヴロでは帝国を止められないと考えるのも、それが理由だった。彼は桁違いに強いが、いつも孤独だ。

配下で戦力といえるのは、剣聖ササラくらい。

ディアヴロは勝てず、リフェリア王国は瓦解し、この街もやがて戦火に呑《の》みこまれてしまう。

そうなれば、この者も――

「ふむ……どうやらマオーは、それを快《こころよ》く思わぬらしい」

「んにゃ？」

不思議なことだ。

魔に属する存在にとって、人族《ひとぞく》の死は快感ですらあるはずなのに。

クルムは、メイに言う。

「キサマはファルトラ市にいるがよい。ここは安全だ」

「えっ？」

「マオーは少し旅に出る」

「もしかして……」

悲しそうな顔をするメイに、ふるふると首を横に振った。

「逃げたりせぬぞ。クレブスクルムはマオーの中のマオーだ。完全で完璧で完成で最強なのだ。人族《ひとぞく》なんぞに臆することはない。しかし、この街が戦場になると、守り切れるものではないのでな」

「ま、守る……？」

戸惑った様子の彼女を眺める。

少し痩せたか。

「ゲルメド帝国も人族《ひとぞく》に違いないが、あれらの命まで守れとは言わぬであろうな？」

「あ、そりゃ、もちろん！」

「よし、任せておけ。ランチは帰ってきたときに用意してもらうのだ」

メイが瞳を潤ませる。

力強くうなずいた。

「ま、待ってる！　クルムちゃんが帰ってきたら、すっごいランチと！　食べきれないくらいたっっっくさんビスケットを出しちゃうからね⁉」

クルムは口元をゆるめる。

「心して用意するがよいのだ！」

†

クルムは一人、大通りを引き返した。

このまま東門へ向かってもいいが、南地区へと寄る。

パン屋《ピーター》――

ここも、いつもは行列ができている人気店のはずだったが、今は静かなものだった。まだ営業しているだけでも、立派ではあるが。

扉を開けると、ベルが鳴った。

店長が声をあげる。グラスウォーカーなので、まるで男の子のように見えた。

「いらっしゃーいッ‼　ようこそお客様！　来てくれて本当にありがとう！　ビスケットもパンもありますよ、何にしましょう⁉」

「客ではないのだ」

「がっくううううぅ……そっすか……なんか用ですかね、お客様じゃないお嬢様？」

店内は客よりも店員のほうが多い有様《ありさま》だった。

その店員のうちの一名――エデルガルトが駆け寄ってくる。

「魔王様！」

「うむ」

「どうー、なさり……なさった？　ですか？」

けっこう長く滞在しているのに、その気がないのか、不向きなのか、わざとなのか。なかなか人族《ひとぞく》の言葉を習得しないエデルガルトだった。

魔族にしては、かなり人族《ひとぞく》に近い外見をしているのだが……

クルムは告げる。

「王都へ行くのだ」

それだけで察したらしい。彼女は片膝をついた。

「どうか、エデルガルトも～……おともに！　おともする？　させてください！」

「よかろう」

「ありがたき～、幸せッ!!」

深々とお辞儀する。

えっ？　えっ？　とピーターが戸惑った声をあげた。

エデルガルトが立ち上がると、頭も下げずに堂々と告げる。

「店長、しばらく店に、は～来れない！」

「えええーっ⁉」

「困る？」

「そりゃあ！　あ、いや……まぁ、開けててもお客さんは少ないしなぁ。平気かな……」

しょんぼりしていた。

「今まで～……ありがとうございました」

「元気でね。そうだ、今週の給料なんだけど……日割りでいい？」

「……それより、も～ビスケット……をあるだけ、もらう？　もらう！」

「え？　いいけど」

エデルガルトはバスケットいっぱいにビスケットを受け取った。

同僚たちと、店内にいた数少ない常連客に別れを告げる。

ひょろっと細い豹人族《ひょうじんぞく》の男が「え、卒業かぁ……寂しくなるなぁ」などと言っていた。

卒業とは？

最後に、ピーターに問われる。

「エデルちゃん、いろいろ終わったら戻ってきてくれるよね？」

「え、と……」

エデルガルトの視線に、クルムがうなずいた。

「当然なのだ！　この店のビスケットがなくては、人族《ひとぞく》を生かしておく価値がない！」

ピーターが頰を染め、身体《からだ》をくねらせる。

「えへ⁉　えへへ……そんなふうに言われると困っちゃうな～。よぉし、がんばって店を開けとくから、また来てね！」

エデルガルトが口元をゆるめた。

「帰って～、くる？　こない？　くる！」

†

クルムはエデルガルトを連れ、東門からファルトラ市の外へ出る。

久しぶりの外だ。

東門には番兵が大勢いたが、見咎《みとが》められることはなかった。

街へ入ってくる者は厳しく調べるが、出ていく者は手配書にないか確認するくらいだ。

邪魔をされたとしても押し通ったが……

王都へ向かう街道を歩く。

ぽりぽり、とバスケットいっぱいのビスケットをかじりながら。

「もう一枚……」

「はい、魔王様」

「あ、やめておくのだ」

「？」

「食べると、すぐなくなってしまうからな。ビスケットは美味しいが、食べるとなくなるのがダメなところだ」

「はい」

ふと立木の陰から、現れた者がいた。

やたら目立つ金色の鎧《よろい》――

ビッ、と片手を振った。

「いよぉ、お二人さん」

「む？」

クルムは胡散臭《うさんくさ》い者を見る目を向けて、エデルガルトが前に出る。

「おまえ～、は……」

「フッ……我が名はエミール・ビュシェルベルジェール！　すべての女性と、女性の味方の味方である！」

兜《かぶと》のフェイスガードを上げ、そう名乗った。

金髪碧眼《へきがん》で濃いめに整った顔つきのナイスガイだ。

「なんの用なのだ？」

「クルムちゃんたちが王都に向かうと聞いてね。ゲルメド帝国と戦う気なんだろう？　俺も力を貸そうじゃないか」

「ほう？」

「女性を守るのが、俺の役目だからな！」

ふむ、とクルムは腕組みした。

「ならば、ファルトラの女たちを守れ。マオーは守られるほど弱くない」

「うっ……いや、しかし……」

「それに、一緒に来るのは無理であろう。おい、エデルガルト、アレを呼ぶのだ」

「はい、魔王様」

エデルガルトは槍《やり》を使うが、正式な職業《クラス》は槍使い《ランサー》ではない。

彼女が指笛を吹く。

土煙をあげ、駆けてくる者があった。

エミールが驚愕《きょうがく》する。

「あれは⁉」

言う間に駆け寄ってきたのは――地竜《グランドドラゴン》だった。

ひょい、とエデルガルトが背に跨《また》がる。

彼女は竜騎士《ドラゴンナイト》だった。

その後ろに、クルムも乗る。

「こやつは馬よりも速く三日三晩でも走れるのだ。ついてくるのは無理であろ」

「ううぅ……」

エミールがたじろいだ。

エデルガルトが平坦《へいたん》な口調で言う。

「わるいけど……この子は～……二人乗り？　だから！」

「ファルトラに残るがよい。今頃は王城も陥落しておるだろう。しばらくすれば、餓鬼と化した人族《ひとぞく》が押し寄せるぞ」

「うっ……たしかに、敗残兵や難民が、野盗と化してるって噂はあるな」

「任せたからな？」

地竜の背上から、クルムは念を押した。

エミールが剣を引き抜く。

心臓の前で持ち、切っ先を天へと向けた。

「冒険者協会会長代理エミール・ビュシェルベルジェール！　すべての女性と、このファルトラ市を守ると誓おう！」

クルムはうなずいた。

そして、エデルガルトに命令する。

「行くのだ」

「かしこま～……りました！」

彼女は棘《とげ》のついた手綱を握りしめ、踵《かかと》で地竜の横腹を叩《たた》く。

太い後ろ足が、ドンッと地面を蹴りつけた。

爆発したかのように土が巻き上がる。

地竜は飛ぶような速さで、街道を駆けて行くのだった。

揺れる。

景色が後ろへ流れる。

ゴウゴウと風が鳴っていた。

エデルガルトはもちろん、クルムも騎乗技能《ライダーアビリティ》があるので、苦にしないが。

「魔王様……また～、人族《ひとぞく》を守る？　ですか？」

「人族《ひとぞく》同士の争いなんぞに関わる気はなかったが、アレは放っておけぬのだ」

「皇帝……」

「アレは大地を呑みこむ毒蛇なのだ。今となっては、大魔王よりもやっかいかもしれぬ」

「……人族《ひとぞく》なのに」

「人族《ひとぞく》は弱い。だが、成長する。どんな種族よりも早く、強く、どこまでも、あらゆる手を使って。人族《ひとぞく》という殻すらも捨ててな」

クルムは、エデルガルトの細い腰に手を回す。

エデルガルトが頬を上気させた。魔王に触れられているだけで、魔族には魔力が流れこむ。

「むふぅー」

「しかし、駒が足りぬな」

「駒……エデルガルトは～、強い。負けない？　負けない！」

「それでも、なのだ」

第二章　決意してみる

夜が明ける。

疲労は限界に近かったにもかかわらず、あまり眠れなかった。

人の死を見過ぎたせいか。

部屋で横になっても、神経が逆立っているようだった。

――もう外が明るくなってしまった。

この世界では、カーテンは高級品で贅沢品《ぜいたくひん》だ。ガラスも同じく。

《深殿《しんでん》》は信者たちの寄付で管理修繕されているが、大半の場所は質素な造りだった。窓には板が嵌《は》められている。

その隙間から、光が入ってきた。

「……もう夜明けか」

元世界にいた頃は、夜通しゲームをして、空が白んできた頃、ようやくベッドに入るなんて生活をしていたが。

扉がノックされる。

「む？　何者か？」

「おはようございます、ルマキーナです。ディアヴロ様」

大主神官《だいしゅしんかん》が、こんな早朝に一人で？　と意外に思ったが、今のディアヴロは聖騎士長だ。驚くほどのことではなかった。

「入るがよい」

言ってしまってから、そういえば上半身は裸だ、と気付く。王都セヴンウォールは温暖で、女性なら薄い寝間着、男性は裸で寝るのが一般的な風習だった。

私室に入ってきたルマキーナは、当然だが、寝間着姿ではない。絵画の聖女のように身なりを整えていた。

「お休み中のところ、失礼いたします」

「かまわぬ。何用だ？」

ディアヴロはベッドから立ち上がり、窓を開け、外の空気を入れる。

ルマキーナが隣に立った。

窓からは、街の様子が見えた。

戦時だからというわけではなく、教会の信者たちは勤勉で、もう当然のように動き回っていた。

朝食の準備をしたり、武器の手入れをしたり。こんなときでも掃除に精を出している。

視線を遠くへ。

運河を挟んだ先に、王城グランディオスが聳《そび》えていた。

今は、ゲルメド帝国軍に占領されている。

ルマキーナも同じく眺めていた。

「物見《ものみ》の報告によれば、帝国軍は本陣を王城に移したようです」

「そうだろうな」

「夜明けと共に攻めてくるという予想もありましたが、まだ動きはありません」

「うむ」

それほど回復に時間がかかるのか。あるいは、何かを待っているのか。

――わからん。

自分が戦記好きだったり、ウォーシミュレーションが得意だったり、孔明が憑依《ひょうい》していたりしたら、ばんばん言い当てられるのかもしれない。

ディアヴロは究極のソロプレイヤーだった。

目の前の敵を倒すのは得意でも、軍隊の動きなんて読めないし、今後の予想もできない。

大軍を指揮するどころか、六人パーティーのリーダーすらおぼつかなかった。

しかし、知っていることもある。

「敵軍の司令官は、王座で王様気分だろうな」

「そうなのですか?」

「権力者とは、そういうものだ」

「これほど大勢が亡くなっているのに……」

ルマキーナは釈然としない様子だった。

それでも、ディアヴロには確信がある。

――大軍を指揮して、敵の城をぶんどったヤツは、王座に座る！

何故《なぜ》なら気分がいいからだ。

とくに、人質を取ったり《奴隷魔術》を使ったりして、少女たちを戦場に立たせるような下衆《ゲス》なら、尚更《なおさら》だった。

ルマキーナが話題を転じる。むしろ、こちらが本題だったのかもしれない。

「……アリシアさんが、戻ってきません」

「なに？」

「負傷したのかもしれないと思って、全ての救護所を調べましたが……あと、安置所も」

ディアヴロは背筋がじっとり汗ばむのを感じた。

アリシアが戦闘に出たことは聞いていた。

レムを逃がすため、魔導機兵《マギマティックソル》と戦ってくれたことも。

「あいつが、そう簡単に死ぬはずがない」

そう信じていた。

ルマキーナがうなずく。

「私もそう思います。アリシアさんらしき方が帝国軍に連れ去られた――という報告があったのです」

ディアヴロは舌打ちした。

捕虜にされたか。

彼女は国家騎士で、周りとは違う格好をしている。一般兵と違い、立場のある者は捕虜として利用価値が高い。

「フンッ……死んでいないのなら、取り戻すだけのことだ」

「はい」

話はそれだけかと思ったら、ルマキーナが先ほどよりも深刻そうな顔をした。

声を潜めて言う。

「レムさんに呪いが掛かっているようなのです」

「なんだと!?」

ディアヴロは思わず声を荒らげた。

護衛たちが身構えたくらいだ。

ルマキーナが彼らを制す。

「……おそらく、位置を追いかける類の呪術です。身を害することはありませんが、効果

、
が薄いぶん、解呪が難しく」

「できないのか？」

「時間が必要です。あるいは、術者に解いてもらうか」

「倒してしまえば解けるわけか」

「……はい」

ディアヴロは思案した。

「ひとつ、判明したことがある――どうやら、帝国には《転移》がないようだ」

「あ、そうですね」

もしも任意の場所に《転移》できるなら、とっくに来ているだろう。レムの居場所が把握できているのだから。

「もうひとつ――敵が急いで攻めてこない理由も、その呪術のせいだな」

「あ……」

「馬よりも魔導機兵《マギマティックソル》のほうが早いからな。慌てずとも逃がさないと考えているのだろう」

そういえば、ＳＬＧガールズアームズには《転移》が存在しなかった。

ふとディアヴロは考える。

――《転移》か。

あちらに、その魔術が存在しないなら、おそらく警戒もしていないだろう。

「使えるかもしれんな」

「いかがしましたか、ディアヴロ様？」

「いや……」

慎重に検討しなければならない。

この世界は、死んだら終わり。

思いついたら試してみて、ダメなら死に戻り――とはいかない。

聖騎士トリアが私室に入ってきた。

ルマキーナの前で膝をつく。

「大主神官、お時間になりました」

「すぐ行きます」

何の時間だろうか？　そんなディアヴロの疑問を察したのか、ルマキーナが小さな声で教えてくれる。

「……昨日までに亡くなった者たちへの慰霊と、生きている者たちへの武運長久の祈禱《きとう》をいたします」

「ああ、うむ……」

一礼したルマキーナに、ディアヴロは問う。

「……何人くらい死んだ？」

彼女は目を伏せた。

代わりにトリアが答える。

「詳細は把握できていませんが、教会関係者で三千ほどです。王国兵の損害は五万とも十万とも言われており、民衆は数えようもありません。王都を出た者たちが、無事に逃げ延びていることを祈るばかりです」

絶句した。

そんなに大勢が。

ルマキーナが瞳を潤ませた。

「亡くなった方々の魂が楽土へと向かえるように……私にできるのは、ただ祈ることだけです」

「う、うむ……」

「ディアヴロ様におかれましても、どうぞご無事で」

「案ずるな、我は何者にも遅れを取らぬ」

ルマキーナは、トリアにうながされ、ディアヴロの私室を出て行った。

たとえ大主神官に祈ってもらっても、《魔王の指輪》の効果により、反射してしまう。

——そうとわかっていても、今日は神様の加護に頼りたくなるな。

ディアヴロは気持ちを固めた。

†

この戦を終わらせなければ、また人が死ぬ。

強制的に戦わされている少女たちと、また戦うことになる。

そんなことは阻止しなければ。

ディアヴロはルマキーナが去った後も、窓から王城グランディオスを睨《にら》んでいた。

倒すべきは、ただ一人。

「侵攻軍司令官ドリアダンプか……」

腰に付けたポーチから《天魔の杖《つえ》》を取り出した。


「……一人で行くつもりですか？」

声をかけてきたのは、レムだ。いつの間にか部屋に入ってきていた。

もしかしたら、ルマキーナとの話を聞いていたのかもしれない。

「何のことだ？」

「……わかります。どれほど一緒に過ごしたと思っているのですか。あなたの考えることくらい」

そんな場合ではないのだが、くすぐったいような、恥ずかしいような、妙な気分になった。

ゆるみそうな表情を恐《こわ》い顔をして引き締める。

「フンッ！」

「……わたしも行きます」

「馬鹿を言うな。敵の狙いは、貴様だ」

「……だとしたら、一番安全なのは、ディアヴロの横ではありませんか。あなたは誰にも負けないのですから」

「い、いや……もちろん、負ける気はないが……」

「足を引っ張らない程度の実力は身につけたつもりです」

レムを連れて行くべきか？

昨日のようにシルヴィに任せるほうが安全ではないか？

しかし、帝国はレムの位置を把握している。その身に対する執着も相当なものだろう。

魔導機兵《マギマティックソル》が全て深殿に向かってきたら？

果たして、どれほど防衛できるだろうか？

今のレムは冒険者としては相当なレベルだが、逃げることすらできなかった。

「貴様だけでも、ファルトラ市へ《転移》させれば……」

彼女が目を見開いた。

「わたし一人だけ逃げろと言うのですか⁉」

「む」

こんな真剣に怒った顔を向けられたのは、初めてかもしれない。

ディアヴロは平然としていたが、内心では動揺していた。

レムの瞳が揺れる。

「……本当に《転移》を帝国が持っていない、と断言できますか？」

「なに？」

「……わたしを狙うなら、最も簡単なのはディアヴロと引き離すことではありませんか。離れるのを待っている可能性はありませんか？」

「罠《わな》だと？」

一理あるか。

押されているとはいえ、教会兵は相当な戦力だ。

ディアヴロは魔導機兵《マギマティックソル》を二機も撃破している。残り何機かは不明だが、昨日の戦闘から差して、そう多くはあるまい。

レムを他の場所へ移し、ディアヴロが離れたところで、そこへ転移されたら？

通信手段はない。

自分の知らないところで彼女が連れ去られる可能性はあった。

レムが自身の胸に手を置く。

「……そもそも、わたしは自分の中に封じられている魔王を倒すため、冒険者になったような者です」

「そうだったな」

「帝国に追われる身となったなら、逃げることより、戦うことを選びます」

「死ぬか、それより辛《つら》い目に遭うかもしれんぞ？」

「……わたしは召喚術士。自分の喚《よ》んだあなたを信じます、ディアヴロ」

「魔王を信じるとは、変なヤツだ」

そう言いつつ、ディアヴロは今度こそ赤面し、顔を見られたくなくて背を向けた。

レムが言葉を続ける。

「それに……わたしは、アリシアを取り戻したいのです」

もうルマキーナから聞いていたのか。

「どうやら、捕虜にされたようだな」

「……アリシアは、わたしを逃がすために《紫のヴィオラノス》と戦ってくれました」

「変わったな」

かつては、レムを生贄《いけにえ》にしようとしたこともあったのに。

「……〝逃げてください〟と彼女は言いました。昨日は魔導機兵《マギマティックソルジャー》と戦う準備が足りず、そうするしかありませんでしたが」

「うむ」

「……以前、アリシアが自害しようとしたとき、わたしは彼女を許したいと思いました。それでも彼女は、自分の裏切りが許されるとは思っていない、と」

「言っていたな」

企《たくら》みが露見したとき、アリシアは自害しようとした。

しかし、ディアヴロは自害を防ぎ、レムは許したいと言った。

「……あのとき、アリシアが死んでいたら、今頃、わたしは生きていなかったかもしれません」

「たしかに、俺が間に合ったのは、アリシアのおかげではあるな」

「……これで貸し借りはなしです」

「ふむ」

「……だから、残っているのはアリシアに対する友情だけ。彼女とは握手をした仲です」

ファルトラ市から旅立つとき、二人は固く握手を交わしていた。

ディアヴロは、うっすら覚えている。

あまり気に留めていなかった。

友情とか仲間なんて、そのときの気分で言ってるだけだろ？　そんなふうに思っていたから。

しかし、少なくともレムの言葉は上辺だけではなかったらしい。

「……わたしは、アリシアを助けたいです。手を貸していただけますか、ディアヴロ？」

彼女は命を懸けようとしていた。

ディアヴロはため息をつく。

「相変わらずだな。自分が狙われているというときに、他人を助けようとは」

「……そこまで善人ではありませんよ。自分を狙ってくるのも、アリシアを捕らえているのも帝国です。戦う相手は同じではありませんか」

「フッ……」

そう単純な話でもなかろうに。

帝国軍の司令官を叩《たた》き、レムを守り、アリシアを救出する――これがゲームのクエストなら、バランス調整に文句が噴出しそうだった。

「……わたしなりに考えてはいるのですよ？　昨日《紫のヴィオラノス》は武器を使ってきませんでした。詳しくはわかりませんが《器の少女》というのは、どうやら生きたまま捕まえなければいけないようです」

「そのようだな」

空に映った老人が〝《器の少女》を余の眼前に〟と叫んでいた。おそらく、あの老人が、帝国の皇帝なのだろう。

《白のビヤトノス》はレムを殺さないように脚だけ潰した。その行動からして、生け捕りする気だったのは間違いない。

レムは自身の喉元に指先を向ける。

「捕らわれるくらいならば、自ら死を選ぶ覚悟です」

ディアヴロは首を横に振った。

「許さんぞッ！」

「ですが……」

「そんな覚悟の者は連れて行けない！　絶対に無事に帰ると約束できないのならば」

レムが頬を染める。

「……うぅ……ディアヴロが、そこまで大切に想《おも》ってくれていたとは」

「あ、いや……」

否定はしないが。

魔王ロールプレイのつもりが、なかなかに恥ずかしい言葉を言い放ってしまった。

——なんということだ。リア充かよ、俺⁉　やっぱり自爆すべきなのか？

レムが赤面しつつ。

「わかりました。わたしは無事に帰ると約束します。ですから、ディアヴロも約束してください」

「む……？」

「どうか、無事に帰ってきましょう、二人とも」

「ふっ……当然だ」

名をつぶやき、レムが瞳を潤ませて、見つめてくる。

あのときと同じ顔だった。

だとすると、期待されているのか。

「……ディアヴロ……わたしに、勇気をください」

衣擦れの音をさせ、ぱさりとレムの寝間着が床へ落ちた。

一糸まとわぬ姿——

初めて見るわけではないが、何度目であろうとディアヴロは動揺するばかり。

「あ、う、お……」

さすがに演技が続けられず、変な声を漏らしてしまった。

せがまれるままに、ゆっくりと腰をかがめる。

唇を近づけていき——


カラーン、と木の皿が、床に転がった。その上にあったパンも。

ディアヴロは慌ててそちらを見た。

「……ッ⁉」

開いたままの戸口で、目を見開いて立ち尽くしているのは——

レムが息を呑《の》んだ。

「シェラ」

†

ディアヴロは固まっていた。

レムが両手をあわあわと振って慌てる。

「あ、あの、シェラ！　こここれは抜け駆けとか、そういうのではなくですね……⁉　おおお落ち着いてわたしの話を聞いてくださささ」

誤解の余地もない。

間違いなく抜け駆けだった。

シェラ公認で二人とも嫁なのだから、何もやましいことはないはずだが、ディアヴロは背中に冷たい汗をかいてしまう。

シェラが駆けてきた。

ディアヴロとレムをいっぺんに抱きしめてくる。

「うわーい、仲良し！　ディアヴロ、レムにチューしたなら、あたしにもチューしてよ、いいでしょ⁉」

「「え？」」

思わず二人して変な声を出した。

シェラが不安げな顔をする。

「え？　まさか、あたしはダメなの……？」

「い、いや……そういうわけではないのだがな！」

ディアヴロはようやく魔王ロールプレイを取り戻した。

レムが尋ねる。

「……シェラ、それでいいのですか？」

「なにかダメなの？」

「……自分で言うのも、どうかとは思いますが……あなたにナイショで親しくしていたのは、腹立たしくありませんか？」

「えーいいじゃん。でも、レムにキスしたんだから、あたしにもしてくれないと寂しいかな」

えへへ、と彼女は笑った。

レムが息を吐く。

「はぁぁぁ……あなたは本当に……まったく」

豹耳《ひょうみみ》を垂らし、両肩を落とし、尻尾を垂らし、すっかり脱力した。

「えへへ……あたしはディアヴロと仲良くしたいけどー、ディアヴロとレムが仲良くしてるのも嬉《うれ》しいもん！」

「ッ」

「レムと仲良くしてるディアヴロが、あたしとも仲良くしてくれたら、それってすっごく幸せだよね」

ディアヴロは感心するしかなかった。

「シェラはスゴイな」

レムは胸に手を置く。

「……許してください、シェラ。わたしは愚かな間違いをするところでした」

「ほえ？」

「……ディアヴロと二人きりを望んでしまうなんて……でも、わたしも気付きました。シェラと一緒でなければ、わたしも幸せにはなれません」

「あはっ、レム」

「……そこまで想ってくれるあなたと、もう離れたいとは思いません。今更ですが、信じてもらえますか？」

「うん！」

「……わたしを許してくれますか？」

「もちろん！　じゃあ、一緒にキスしようね！」

「……は、はい」

なにやら二人は納得したようだが、どう話がまとまったのか？

〝一緒にキスしよう〟とは？

レムとシェラが、左右からディアヴロを挟む。

しかも、なぜかシェラまで寝間着を脱ぎ捨てて、一糸纏わぬ姿になっていた。

いや、二人とも《隷従の首輪》だけは付いているわけだが……

「えぇぇ……」

「ディアヴロ！　あたしともね！」

満面の笑みのシェラを、拒否できるわけもなかった。

レムが顔を真っ赤にしている。

「……うぅ……一緒にというのは、それはそれで別の恥ずかしさがありますね」

恥ずかしいどころではなく、ディアヴロは思考が停止していた。

──なに、する？

二人が唇を寄せてくる。

「んちゅー!!」

シェラの熱烈なキスだった。

レムが控えめながら何度も唇をくっつけてくる。

「……ちゅっ……ちゅっ」

「お、おふ」

ディアヴロは硬直してしまった。気の利いた言葉は出てこないし、もちろんキスを返すこともできない。

照れて、死ねる！

そんなふうに三人でのキスをした。

──これで終わっていれば、本当に幸せな時間だったのだが……

唇を離したシェラが言う。

「レム！　あたしとも仲良くしよう⁉」

「え？　はい……喜んで」

シェラが両手で、がしっとレムの両頰を押さえた。

そのまま、ぐっと顔を近づける。

レムは突然のことで固まっていた。

容赦も躊躇《ちゅうちょ》もなく、シェラが唇を重ねる。

「ちゅ――――っ‼」

「んんんっ⁉」

「ちゅっちゅっちゅ――――っ‼」

「んんんんんんんっ⁉　んんんんんんっ⁉」

「ぢゅちゅっ！　ぢゅちゅっ！　ぢゅちゅっ！　ぢゅちゅっ！」

舌をくねらせ、湿った音まで立てた。

これがシェラの本気のキスか。

顔を真っ赤にしたレムが、くたっと脱力する。立つことも難しいほど骨抜きにされてしまった。

崩れ落ちそうになった彼女をシェラが抱き留める。

「あ、あれ、レム？　寝ちゃったの？　疲れてたのかなー？」

「………ふぁう」

絨毯《じゅうたん》の上にへたりこんだ。

腰が抜けるほどのキスとは⁉

くるりとシェラがこちらを向いた。

「じゃあ、次はディアヴロの番だよー？」

「うっ……」

「ダメ？」

「そ、そうは言わないが……し、しかし、そんなことをしても、何の意味も……」

「あたしが幸せだから！」

なんという直球な説明だろうか。

拒否する理由はなく、かといって一度や二度で慣れるわけもなく、ただ固まってしまうだけだった。

シェラが小さく跳んで、首に抱きついてくる。

唇に、シェラの唇が触れてきた。

「んー‼」

「………ッ⁉」

現実感がなくて。

――いいのだろうか？

シェラの唇が、ディアヴロの唇をついばむ、くすぐったい。

あれ？　なんか、俺の知ってるキスと違うような？　さっき一緒にしたのとも違っているような？

「えへへ……ソラミさんから教わったんだ！」

――あの淫獣、なにを教えやがった!?

シェラの舌先が獣のように、ディアヴロの口内へと入ってきた。舌を搦《から》め取《と》られ、上顎の内側をなめ回される。

――あ、これ輝功《きこう》を使ってる!?

脳に触れてくるような痺《しび》れと快感が、身体《からだ》を駆け抜ける。

レムが一瞬にして、骨抜きにされた理由がわかった。

しばらく禁欲生活の続いていたディアヴロには、抗《あらが》う術《すべ》がない。あまりに不意打ちすぎた。

脳髄が刺激され、目がチカチカする。

「う……あ……あああぁぁ……っ!!」

魂まで引き抜かれるようなキスを浴び、少しの間だけ呆《ほう》けてしまった。

†

呼び出しを受けて、ディアヴロたち三人は《展望室》へと向かう。

もちろん、衣服は整えて。

シルヴィが声をかけてきた。

「やあ、起きたみたいだね、ディアヴロさん♪」

「ダンナ、おはようございまっす！」

ホルンも。

「う、うむ……」

照れたようにシェラが舌を出す。

「えへへ……どうだった？」

「やりすぎだ」

彼女の舌を見ていると、先ほどの強烈なキスを思い出してしまいそうで、ディアヴロは視線を逸《そ》らした。

レムは手甲をつけ、召喚獣のクリスタルを納めたベルトポーチも装備している。

見回せば、他の者たちも、武器を身に着けていた。

なんとルマキーナまで。

ディアヴロは顔をしかめる。

「なんのつもりだ？」

「皆で行くことにいたしました」

「馬鹿な」

もともと、ディアヴロの仲間で冒険者をしているレムやシェラはともかく。

ルマキーナは大主神官ではないか。

「ディアヴロ様は――王城に乗りこんで、敵軍の司令官を討つおつもりでは……？」

「うむ」

「聖騎士や老神官たちも、それしか策はないと言っています。彼我の戦力差は絶望的で、次に攻めて来られたら持ちこたえられないでしょう」

「…………」

たしかに、ディアヴロが魔導機兵《マギマティックソル》と戦っているうちに、どこかの防衛線が崩壊しそうではあった。

レムのことがなければ、昨日のうちに負けていたかもしれない。

「この深殿に籠もっていても、いずれ帝国兵が攻めてくる。ならば、ディアヴロ様のお役に立ちたいのです。足手まといでしょうか？」

横からレムが口添えする。

「……ディアヴロ、ルマキーナの治癒や加護は強力です。王城にも詳しいですし」

「ウチがバッチリ護衛するっす！」

ホルンが手を挙げた。

ディアヴロはうなったが、彼女たちの提案には一理ある。

そもそも《深殿》が安全だと思うなら、レムも残しておいたほうがいい。

――しかし、守り切れるのか？

使えるのは攻撃魔術が大半で、とくにパーティー全体を守る魔術は習得していなかった。

不安だが、それを口にするのは、魔王らしくない。

この状況で安全な場所などありはしない。

ディアヴロ、レム、シェラ、シルヴィ、ルマキーナ、ホルン――

六人か。

この世界で試したことはないが、ゲームだと《転移》で連れて行けるのは六人までだ。

ディアヴロはソファーから立ち上がる。

「フンッ……俺の命令に従え。それができないのなら、誰であろうと連れてはいかない」

レムは自分の首に手をやった。

「……もとより、わたしはあなたの命令に逆らえませんよ、ディアヴロ」

「あたしもだよ！」

シェラが《隷従の首輪》をつまんだ。

不可視の鎖が音をたてる。

ホルンが軍隊の敬礼を真似《まね》た。

「了解でありまっす！」

「もちろん、ディアヴロ様のお言葉に背くなど、ありえません」

ルマキーナが手を合わせる。

お祈りされても困るが。

一番後ろで、シルヴィが腕組みし、うんうんとうなずいた。

「リーダーっぽくなったじゃない、ディアヴロさん♪」

冒険者協会の会長だから、彼女が一番リーダーに向いていそうだが……

魔王とは王なのだ。

ディアヴロは《天魔の杖》で床を突いた。

「これより、王城グランディオスに《転移》で乗りこむ！　司令官ドリアダンプを討てば、魔導機兵《マギマティックソル》の操縦者たちは解放され、敵軍は瓦解するはずだ」

レムがうなずいた。

「……アリシアも救出したいです」

シルヴィが問うてくる。

「夜を待たずに、今から突入するのかい、ディアヴロさん？」

「うむ」

この世界には電気や蛍光灯などなく、夜は本当に真っ暗になる。

豹人族《ひょうじんぞく》やエルフは夜目が利くようだが。

不慣れな王城で、真っ暗な中では、ディアヴロのほうが不意打ちを受ける可能性があった。

見えていない敵には魔術を飛ばせないし。

ゲームの頃は気にしなかったが、この世界に来てからの経験により、ディアヴロは夜戦は危険だと学んでいた。

ホルンが拳を振り上げる。

「よーし、突入っす！　やるっすよ！　やるっすよ！」

「その前に寄っておく場所がある」

「ありゃ⁉」

気勢を削《そ》がれた彼女が、ガクッとよろめいた。

ディアヴロは魔術を使う。

「《転移《トランスポート》》ッ‼」

†

薄暗い。

壁の松明《たいまつ》が揺れ、影が踊っていた。

《魔王の迷宮》――

訪れた者たちに恐怖心を抱かせるよう設計された、迷宮の最深部だ。不気味で不吉で威圧的な。

シェラが声をあげる。

「わぁー、ここ懐かしいねー」

「魔王の迷宮っす！　ひさしぶりっすー!!　相変わらずキモイっす！」

ホルンもはしゃいでいた。

レムが肩をすくめる。

「……なるほど、ここですか」

「たしかに、懐かしいです」

ルマキーナも遠い記憶をたぐるように目を細めた。

そういえば、ちょうど《魔王の迷宮》を探検したときのメンバーだったか。

ディアヴロは微妙な気分になる。

気持ちはわからなくもないが、そんな里帰りみたいな感想ではなく、少しは恐怖におののいて欲しかった。

いや、本当に怖がらせる気はないのだが。

──恐い振りくらいしてくれてもいいじゃんか。

そんな中、ただ一人、初めて訪れる者がいた。

シルヴィが目を丸くする。

「う、うわぁ⁉　魔王の居城⁉」

ディアヴロは思わず目をキラキラさせて見つめてしまう。

それだ！

そんな反応が欲しかった！

百点満点だ、シルヴィ！

思わず笑顔だった。

レムが言う。

「……落ち着いてください、シルヴィ。ここはディアヴロのダンジョンです。危険はありません」

「へえー、ここが⁉」

ディアヴロは首肯した。

「うむ」

「すごいねえ、《魔王の間》かと思っちゃったよ」

正解だ。

この部屋は公式の《魔王の間》を参考にデザインしてある。

「貴様は見たことがあるのだな」

あっ——とシルヴィが口元に手をやった。

他の者たちも、意外そうな顔をする。

ルマキーナが思案顔で。

「たしか、先の魔王が打倒されたのは三十一年前。魔王城の最深部《魔王の間》まで辿《たど》り着《つ》いたのは、勇者たち六人だけ……と文献には記されていました」

シルヴィが苦笑する。

「ルマキーナさん、よく勉強してるねー」

「歴史を伝えるのも、教会の役目ですから」

ホルンが指差す。

「え？　え？　それで《魔王の間》を見たことがあるってことは……」

「アハハ」

「勇者アレンっすか⁉」

シルヴィがのけぞった。

「そんなわけないでしょー⁉　ボクは、あんな変人じゃないよー‼」

「勇者アレンを知っているのですか⁉」

レムが詰め寄る。

降参するようにシルヴィは手をひらひらと振った。

「あーわかった、もう話すよー。でも、他の人に言っちゃダメだよ？」

そして、彼女はほとんど布のない服の下から、金の指輪を取り出し、そいつを嵌める。

翼の紋章が彫られていた。


「……ボクは、勇者アレンの五番目の仲間だったんだよ」


「えええええー⁉」

シエラとホルンが声をあげた。

レムが絶句し、ルマキーナが口元に手をやる。皆が驚いている様子だった。

ディアヴロは表情を変えず〝実は知っていた〟という顔をしていたが……内心では、やっぱり驚いていた。

シルヴィが照れたように頰を掻《か》く。

「若かった頃の話だよ。最近は本気で戦うことも少なくなったし、若い人を育てるほうが楽しくなっちゃってね」

「じゃあ、シルヴィというのは偽名ですね？」

「あー……そうだけど、もう昔の名前で呼ばれても、くすぐったいよ」

ホルンがずいっと前に出る。

「あ、あの！　勇者アレンはどうしてるんすか⁉　今、どこに⁉」

「ボクが知りたいよ。冒険の旅でお世話になった人たちのところを回って、王城で祝賀会をやってる最中に、ふらっと消えて――それっきり」

「ええーっ⁉」

「まぁ、かなりの変人だったから、今頃は別の国を旅してるんじゃないかって思ってるけどね。少なくとも生きてるとは思うよ」

レムが話を付け足す。

「……いくつもの物語が作られていますね。名を変え、姿を変え、今でも人々を救う旅をしている、と」

「どうだろうね？　アレンが消える直前、ボクと話したとき〝そろそろ帰るよ〟って言ったんだ」

「……〝そろそろ帰るよ〟ですか？　ふつうに考えたら、故郷へ——ということになりますが」

「アレンの故郷は、魔族に襲われて、滅んでしまったはずなんだ」

「……そう記録されていますね」

彼は魔族に襲われた村の唯一の生き残り。

騎士に拾われ、多くの偉大な師に教えを受け、素晴らしい仲間たちを得て、長い旅の末に魔王を打倒した。

その後は？

「アレンは国中に顔が知られているのに、その後の彼を見たという報《しら》せはなかった。いったい、どこへ帰ったんだろうね？」

答えられる者はいなかった。

シルヴィが視線を投げてくる。

「謎ばかりだよ。そういうところは、ディアヴロさんに似てるかもね？　どこから来たのかもわからない」

妙に焦った。

振り払う。

「我は勇者などではない。異世界の魔王だ！　一緒にせぬことだな」

〝そろそろ帰るよ〟

魔王に滅ぼされそうな国に現れた勇者。明らかに他者と違う、圧倒的な成長。人族《ひとぞく》とは思えぬ力で魔王を討ち果たした。

平和を見届けて消え去る。

――まるでRPGの勇者じゃないか？

この世界は、ファンタジーMMORPGクロスレヴェリによく似ている。ただし、ゲームとの相違点も多い。

ディアヴロはゲームの元ネタではないか、と疑っていた。

そして、だとするならば。

自分以外にも、ゲームのキャラクターとして、この世界に来訪している者がいるのかもしれない。

こつこつ、と固い足音がした。

奥から少女が姿を見せる。

魔導機《マギマティック》メイドのロゼだった。

彼女が深々と頭を下げる。

「お帰りなさいませ、マイ・マスター」

「うむ」

ロゼの損傷した部分は、もう直っているようだ。

彼女がレムたちに視線を送る。

「また何か問題が起きたのでしょうか？」

「うむ……レム、説明してやれ」

魔王ロールプレイをすることで、どうにか普通に（？）しゃべっているが、ディアヴロは基本的に話すのが苦手だった。

心得たもので、レムは要点のみ伝える。

「……リフェリア王国よりも、ずっと東方にあるゲルメド帝国が、侵略してきたのです」

「ゲルメド帝国？」

「……噂《うわさ》ではリフェリア王は戦死したらしく。王城が陥落し、わたしたちは大教会堂のある第十二地区に立て籠もってます。ですが、戦力差は歴然。そこで、王城に《転移》で乗り込み、司令官を倒そうというのがディアヴロの策なのです」

ロゼが首をかしげた。

「ゲルメド帝国……本当にそのような国が攻めてきたのですか？　このロゼの記憶《データベース》には

存在しません」

「……とても遠い国ですから」

「このロゼには、世界地図《ワールドマップ》も入っています」

「……その理由までは、わたしには」

ロゼは釈然としない様子だった。彼女の記憶は、MMORPGクロスレヴェリの設定に準拠している。

そして、クロスレヴェリの設定資料に、ゲルメド帝国の記述はなかった。

ゲルメド帝国は、スマートフォン用SLG《ガールズアームズ》の舞台だから。

――予想はしていたが、やはりロゼに帝国の記憶はなかったか。

レムは話題を移す。

「そういえば、帝国には魔導機兵《マギマティックソル》というのがありまして……ロゼの背後から現れるのと、よく似ています」

「あれは、たしかに魔導機兵《マギマティックソル》ですが」

「……あなたは何者かによって造られたそうですね？　それはゲルメド帝国なのではありませんか？」

ロゼはしばらく無言になった。

考えている。

あるいは、検索中か。

彼女は首を横に振った。

「偶然とは思えませんが……やはり、私の記憶には存在しません」

ディアヴロは話に割りこむ。

「よい。知らずとも、戦うのに問題はなかろう？　ゲルメド帝国の本陣へ乗りこむ。前衛を任せるぞ」

ロゼが深々と頭を下げた。

「畏《かしこ》まりました」

「それと、必要そうなアイテムを持って行く。おそらく、ダンジョン探索になるからな」

ゲームで王城を探検したことはないが、やたら広い屋内には違いない。

ロゼに案内させ、宝物庫を歩く。

シェラが話しかけてきた。

「もっと早く来ればよかったねー」

レムが返す。

「……よく考えなさい。ここへ来て、戻るときはどうするのです？　砂船や馬車を使っても何日もかかりますよ」

「え？　転移で戻るんでしょ？」

「……その転移の先が、王城の中になる、という話だったでしょうに」

「あ、そっか！」

細かいことを気にしないのは、シェラの美点でもあり、欠点でもあった。

レムが額に手をやって、ため息をつく。

ゲームの王都も、この世界の王都のように広大であれば、きっと転移先も複数用意されただろうに。

ディアヴロは複数のアイテムを選び、それらを腰のポーチに納めた。

ぼそぼそと話し声が聞こえる。

「……え？　マジすか、これすか？」

「いやぁ、でもウチは魔術師っすから」

「ウッ……た、たしかに今はできることで役に立ったほうがいいっすね！」

誰と話しているのかと思ったら、ホルンの独り言だった。

ディアヴロはうなずく。

――俺も、よく自分と自分で会話するぞ。

このときホルンは、実は聖杯の女神ババロンとしゃべっていた。

しかし、ババロンは所有者以外に認識されず、声すら聞こえない。そのため、ホルンが独り言を言っているようにしか見えないのだった。

ホルンが願い出てくる。

「ダンナ、この短剣を貸してほしいっす」

「うむ、好きに使うがいい」

レベル80の短剣だ。ハズレで素材扱いだが、一応はSSR級。

短剣は軽戦士系――盗賊《シーフ》や探索者《シーカー》にも適している。

それなりにレベル制限の高い武器だから、特殊効果もあるが……

「魔導機兵《マギマティックソル》には通じないからな？」

「ぶるるっ……ウチはアレとは戦えないっす！」

ぶんぶんとホルンが手を振った。

レムが険しい顔をして、尋ねてくる。

「……いよいよ、突入ですか、ディアヴロ？」

「もうひとつ、寄ってみる」

「どちらへ？」

「ササラのところだ」

「……なるほど。剣聖が手伝ってくれれば、心強いですね」

「そうだね」

シルヴィが目を伏せた。

ルマキーナとホルンは知らない。

彼女たちは《大魔王モディナラーム》と戦ったとき、王都にいたから会ったことがなかった。

シェラが片手をあげる。

「きっと手伝ってくれるよ！　レッツゴー!!」

†

「お断りいたします」

「えーっ!?」

悲鳴のような声をシェラがあげた。

やっぱりか、ディアヴロは唇を噛《か》んだ。

場所は《天山》――

剣聖の屋敷《やしき》だった。

ササラが正座している。

ディアヴロたちは思い思いの姿勢で座敷《ざしき》に座っていた。リフェリア王国には床に座る習慣がない。

ルマキーナだけは、ササラと同じくらい姿勢正しく正座していた。

あと、ロゼは床が抜けそうだから、外で待機。

レムが問う。

「……どうして協力してもらえないのでしょうか、ササラ？」

「先の戦は魔王との戦いでした。剣聖は人族《ひとぞく》のために剣を取る者……魔と戦うのであれば助太刀もしましょう。しかしながら、今回は帝国――人と人の戦ですね？」

「……帝国は、あまりに非道な者たちです」

「ですが、人族《ひとぞく》には違いありません」

「……そうですね」

「もしかしたら、ゲルメド帝国にも、剣聖の教えを受けた者がいるかもしれません」

ササラが剣聖を継いだのは半年前だ。

先代の教えを受けた者がいるかもしれない。

ディアヴロの推測だと、ゲルメド帝国は別世界からの侵略者なのだが……

それは、自分だけの感覚か。

この世界には、ずっと昔から帝国も存在していたのかもしれない。

ササラが言葉を続ける。

「もしも、ゲルメド帝国にいる弟子が、先に私のところへ来て、リフェリア王国との戦のために助力を頼んできたら、どうしますか？」

「……困りますね」

魔術を使って全力で戦ったら、ディアヴロのほうが強い――とササラは言うが、勝敗の行方はわからない。

なにせ、本気のササラの攻撃は、速い。回避も防御も難しい。気付いたときには首を落とされている可能性もあった。

ササラが頭を下げる。

「私はリフェリア王国に属してもいないし、ゲルメド帝国に従うこともありません。ディアヴロたちには友情を感じていますが……人と人の戦に肩入れするのは、剣聖としての道から外れるのです」

シェラが残念そうな声をこぼす。

「そんなぁ……」

「ごめんなさい。剣聖とは、剣の頂《いただき》を志《こころざ》す者に先を示すのが役目……俗世に関われば品格を失います。それでは、開祖様が創って義父様《とうさま》から受け継いだものを捨てることになってしまう」

苦しげな表情を浮かべていた。

ササラは先代剣聖に拾われ、育てられた。

大恩がある。

そのうえ、鬼と化したとはいえ、その義父を斬った。

他人には理解できない強い絆《きずな》がある。

「修行したいのでしたら、喜んで指導を引き受けますが……」

その余裕はなかった。

こうして話している間にも、第十二地区にゲルメド帝国軍が押し寄せているかもしれない。

ディアヴロは立ち上がった。

「貴様の言うとおり、敵にならぬだけ良しとしよう」

「理解してくれて、ありがとう。剣聖として協力はできませんが……ディアヴロたちには義父様のことでお世話になりました。戦が無事に終わって、再び会えることを祈っています」

ササラの義父には〝娘を頼む〟と託されてしまった。

帝国くらい自分たちで追い返せねば、義父が草葉の陰で嘆こうというものだ。

「ふんっ……あの程度の連中は、剣聖を頼らずとも撃破してくれる！」

強がった。

話は終わったが――

ササラとルマキーナが視線を合わせる。

会うのは初めてだった。

「貴女《あなた》は……」

「申し遅れました。大主神官ルマキーナ・ウエスエリアといいます」

「なるほど、貴女が……」

「こんなことを言うと、変に思われるかもしれませんが……ササラさんとは、初めて会った気がいたしません」

「実は私も、同じことを思いました」

「いつか、ゆっくり、お話ししてみたいです」

「私も……今回のことが落ち着いたら、ぜひ王都へ伺わせていただきます」

「楽しみにしています」

「剣聖蕎麦《そば》も食べていただきたいです」

「……そば？」

二人は笑みは浮かべず、むしろ事務的な口調で言葉を交わす。

しかし、不思議とおだやかな雰囲気を感じた。

建物の外に出る。

「残念だったね」

シェラが肩を落として言った。

レムが首を横に振る。

「……仕方がありません。志も主義も人それぞれです、尊重しなければ」

「マスターのご命令に逆らうとは……」

外で待っていたロゼが険しい顔をした。

まあまあ、とホルンが宥《なだ》める。

わいわいと話しているシェラたちに、シルヴィが声をかけた。

「ハイッ、切り替えよう！　次こそいよいよ王城へ突入だよ。転移したら、敵軍のド真ン中だからね！　待ち構えてると思っていこう」

「はーい！」

「……そうですね」

「了解っす！」

レムたちの表情が変わった。

本来、こういう言葉をディアヴロが言わなければいけないのだが。

カチンカチンと、固い音が鳴らされる。

ササラが火打ち石を打っていた。

「火は厄を祓《はら》うので、厄除《やくよ》けのまじないです。一緒には行けませんが、ご武運を祈っております」

「ありがとうございます、ササラ」

レムが頭を下げ、シェラが手を振る。

「またねー!!」

ディアヴロは気を引き締めた。手に《天魔の杖》を握りしめる。

いくつもの状況を想定し、行動を決めておく。そのうえで、きっと想定外のことが起きる──という心構えが必要だった。

天に魔杖を突き上げる。

「《転移《トランスポート》》ッ!!」

第三章　王城に突入してみる

ＭＭＯＲＰＧクロスレヴェリにおいて、王都へ転移した場合、出現場所《ポータル》は王城の中庭となる。

ゲームでは便利な場所だ。謁見の間に近く、武器屋や道具屋に行くにも、王城の外へ出るにも。

しかし、普通ならば、ありえない。

誰が転移してくるかわからないのに、そんな中心地への侵入を許すなんて。

壁などで囲って、自由な出入りができないように塞ぐのが当然だろう。

警戒していて然《しか》るべきだ。

だが、この世界には転移魔術そのものが普及していない。

ディアヴロは自分以外で転移を使える者に、会ったことがなかった。

――果たして、この世界の出現場所はどうなっているのか⁉

壁で囲まれている？

大勢の兵たちが守っている？

下手すると、石でも積んで塞がれているかもしれない。その場合、どうなってしまうのだろうか？

　不安を抱えつつも、ディアヴロは転移を唱えた。

　光の粒子となって跳ぶ。

　景色が背後へ流れていき、山を越え、川を越えて、王都へと。

　王都が見えたと思ったときには、もう王城の中庭へと降下していた。

　中庭。

　ゲームでは広場だったが。

　今は、大量の木箱や樽《たる》が積み上がっていた。

　そう気付いたときには、視界がぐるんと回転する。

「うおっ⁉」

　これは予想外だ。

　――やはり、予想外のことが起きた。

　ディアヴロたちは王城グランディオスの中庭へと転移したが、そこには帝国軍の兵糧が積み上げられていた。

　即座に《飛翔《ひしょう》》を使う。

　転げ落ちるのは避けられた。

「ふぅ」

「……せいっ」

レムは身体能力が高い。不安定な足場だとしても、無様な姿は晒《さら》さなかった。

シェラも樹上生活のエルフだ。ぐらぐら揺れる木箱の上で、まるで地面に立つように平然としていた。

シルヴィがルマキーナの腕を摑《つか》んで支える。

「大丈夫かい？」

「あ、ありがとうございます」

そして、ホルンはレベル80盗賊《シーフ》だから、もちろん問題なく――

と思ったら、彼女の近くにロゼも着地していた。重装騎兵と馬を足したくらい重いのだ。

木箱や樽が耐えられるはずもない。

バキバキと音を立てて崩れた。

ロゼが険しい表情をする。

「くっ……」

「のわぁぁぁぁぁぁぁ～～～～～⁉」

悲鳴をあげて、ホルンが滑落した。割れた木箱や樽と一緒に地面へ落ち、ストンと尻餅をついた。

当然、兵糧置き場には相当な数の見張りがいる。
帝国兵が駆け寄ってきた。
数は十二か。
ディアヴロは天魔の杖《つえ》を突き出す。
「チッ……!!」
できれば、敵司令官の居る場所まで、騒ぎを起こさずに近づきたかったが、仕方ない。
そう思ったが……
ホルンが急いで立ち上がると、妙な行動に出る。
敵兵へ尻を突き出し、スカートをまくった。細い太ももと、下着をチラ見せさせる。
「や～ん、お尻を打っちゃった～。ホルン、泣いちゃう～」
甘ったるい声だ。
ディアヴロだけでなく、レムたちも固まった。
──何事⁉
打ったのは尻ではなく頭なのか？
顔を真っ赤にしたホルンが、脳に響くようなキンキンの高い声で言う。
「あにゃにゃあ？　おじさんたち、ホルンのオネガイ……聞いてくれる～？」
彼女からハート形の魔力が飛んだ。

——あれは魔術なのか⁉

兵たちの胸に命中する。

今にも槍《やり》で突き刺してきそうな形相だった連中が、相好を崩した。

「な、なんだい、ホルンちゃん？」

「お尻、打っちゃったの？　大丈夫？」

「嘗《な》めてあげようか？」

「オイコラ、ホルンちゃんに下品なこと言うな、殺すぞ⁉」

こちらは不審な侵入者のはずなのに、まるでアイドルか何かのファンみたいになってしまった。

ホルンが両手を合わせ、ウインクする。

「あのね！　ホルンね、帝国の司令官さんに呼ばれてるの！　どっちへ行ったらいいかなぁ？」

兵たちが一斉に一方を指差した。

「あっちだよ」

「気をつけてね、ホルンちゃん！」

「司令官は変態だからね」

「オイバカ、聞かれたら俺たち全員が殺されるぞ⁉」

ホルンがくねくねと可愛《かわい》いポーズを繰り出す。そのたびにハート形の魔力が飛んだ。

「だいじょうぶ～。ホルンには友達がいるから！　ねっ⁉」

視線を向けられた。

ディアヴロは地面へ。

レムたちも木箱の山から、降りてきた。

ジト目を向ける。

「……ホルン、なんですかソレは？」

彼女が真っ赤になった。

「あうぅ……もう使わないって決めてたんすけどぉ～……」

ケラケラとシルヴィが笑う。

「いいじゃん、便利じゃん♪　あ、おじさんたち、ホルンちゃんのために、このことはナイショで頼むよ？」

しっかり口止めした。彼らがうなずく。

シルヴィにうながされ、ディアヴロたちは中庭から建物へと向かうのだった。

†

建物に入り、廊下を歩く。

「まぁ、戦闘になるよりはマシだったがな」

ディアヴロは肩をすくめた。

後ろを赤面したホルンがついてくる。

「ううぅ……ウチとしても本意ではなかったんすけど……」

シルヴィは知っているようだ。

「スキルに《魅了》を選んだんだねー。モンスターには効かないから、習得する冒険者は少ないけど、便利だよね♪」

「いや～自分で選んだつもりはないんすけどぉ」

レムが冷淡だ。

「……あんなのが、冒険者のスキルと言えるのでしょうか？」

「手厳しいっす！」

シェラが瞳をキラキラさせていた。

「さっきのって、あたしも覚えられるかな⁉　ディアヴロがメロメロになっちゃったりするかな⁉」

「自分より上のレベルの相手には効かないっす」

「ちぇーっ」

彼女が唇を尖《とが》らせた。

スキルでメロメロにされても困るが。

廊下の角を曲がる。

——歩哨《ほしょう》か⁉

五名ほどの兵と、ばったり遭遇してしまった。

「むっ⁉　何者……⁉」

「《フリーズゾーン》ッ‼」

ディアヴロは受け答えするより先に、魔術を放つ。

一瞬にして、敵兵が凍りついた。

悲鳴もあげず、動かなくなる。

氷が溶けたときに生きているかはわからない。彼らのレベル次第だ。

心が軋《きし》む。

——考えるな。

こんな状況で敵兵の命まで背負っていたら、おかしくなってしまいそうだ。

ディアヴロは思考を切り替える。

ゲームをやっていた頃は、敵の属性やダメージ効率だけを計算して魔術を選んでいたが、この世界では考えるべきことが多い。

とくに、こんなふうに潜入しているときは、音が重要だ。

爆裂系なんて使ったら、自分で警報ベルを鳴らすようなもので、大勢の兵士を呼び寄せてしまうだろう。

火属性や光属性は轟音《ごうおん》をたてる。

地属性は振動や衝撃波が。

風属性など論外だ。

その点、水属性は魔術によっては無音に近かった。

闇属性にも音のない魔術はあるのだが、じわじわと倒す系が多く、敵兵に声を出されてしまう可能性があった。

できるだけ戦闘は回避したい。魔導機兵《マギマティックソル》が来る前に、司令官を仕留めなければ。

突入に気付かれたら、標的に逃げ隠れされてしまう可能性もあった。

勇者の攻略を玉座で待ってくれるのは、ゲームの魔王くらい。この世界は、ゲームに似ているが現実だ。

レムが額をぬぐう。

「……アリシアがいてくれれば、王城の案内を頼めたのですが」

たしかに、打って付けだったろう。

ルマキーナが前に出る。

「大丈夫、私にも案内はできます。信者のなかには王城で働いている者も多く、彼らから詳しく聞いておきました」

「……国王の居室までは、わからないのでは？」

「私室のベッドメイクをしているメイドから、聞いています」

「……それは確実な情報ですか？」

「彼女も敬虔《けいけん》な信徒です。私は信じます」

言い合っている時間はない——とシルヴィが方針をまとめる。

「ルマキーナさんに道案内は任せるよ。でもゲルメド帝国の兵士がどこにいるかわからないから、慎重に進もう」

「……ええ、主要な通路は、兵士だらけでしょう」

レムも同意した。

ルマキーナが脇道を指差す。

「国王の執務室には、抜け道があるそうです」

シエラが声をあげる。

「わぁ、すごい！　ルマキもごもご⁉」

「……おバカッ」

大声をあげかけた彼女の口元を、レムが両手で塞いだ。

幸い、敵兵に聞かれることはなかった。

ルマキーナが説明を続ける。

「本来は国王たちが逃げるための隠し通路ですが、帝国に発見されていなければ、潜入に利用できます」

「……発見されていれば、袋のネズミですね」

レムは勇敢だが、慎重派でもあった。

ディアヴロは鼻で笑う。

「フンッ……罠《わな》があろうとも、敵の司令官に近付ければよい。全て焼き尽くしてくれる」

ルマキーナに先を案内するよう、うながした。

ロゼが先頭に立つ。

「罠の可能性があるなら、私が先に進みます」

「任せる」

「イエス・マイ・マスター」

†

壁の中を通るような、細い通路を歩くこと三十分ほど。

上がったり下がったりしつつ、とうとう扉に突き当たった。

ルマキーナがささやく。

「ここを出れば、《謁見の間》の前です」

「うむ。さすがに、国王の私室に繋《つな》がってることはないか」

「……警備が厳重でしょうね」

謁見の間は、前にディアヴロも連れてこられたことがあった。リフェリア王と話し、壁に《グラキエスカノン》を撃ちこんだ場所だ。

「ここから先は、速さ勝負だな。敵の司令官が逃げるよりも速く、守備隊を抜く」

「……わかりました」

レムの後ろで、シェラ、ホルン、ルマキーナ、シルヴィもうなずく。

先頭のロゼが扉に手を伸ばした。

「開けますか、マスター？」

「よし、行け！」

大きく開いたのは、巨大な絵画だった。

美術品の並ぶ通路だ。

その一つが、隠し扉になっていた。

ゴツン、と立っていた番兵の背中に扉――絵画が当たる。

「ああ？」

「邪魔です！」

振り向いた兵士を、ロゼの双頭剣が斬り飛ばした。

赤い絨毯《じゅうたん》に、赤い鮮血が散る。

「右の扉へッ!!」

ルマキーナの叫び声に、ロゼが駆けた。

「マスターがお通りになります！　おどきなさいッ!!」

大きな扉の前に、重装備の帝国兵が並んでいる。手には大型魔銃《マギガン》に似た重火器――魔導器を持っていた。

「うおっ⁉」

「侵入者だ！　撃てッ!!」

隊長らしき者が命令し、帝国兵が発砲する。

バラララララッ!!

その性能は、ほぼ機関銃だった。

――嘘《うそ》だろ⁉

魔導機兵《マギマティックソル》でもない一般兵でも、そんな武器を持っているなんて、充分に脅威ではないか！

突進するロゼが被弾する。

しかし、彼女を破壊するほどの火力はなかったらしい。

「そんな物でッ！」

「ヒィッ⁉」

ロゼが双頭剣で薙《な》ぐ。

魔導器の銃砲ごと、敵兵の胴体を真っ二つにした。

ディアヴロは杖を向ける。

「ロゼ、避けろ！」

「はい！」

扉の前から彼女が飛《と》び退《の》いた。

同時に、ディアヴロは詠唱を終えている。

「《フレアバースト》ッ‼」

いっそのこと、《ホワイトノヴァ》でも叩《たた》きこんでやろうかと思ったが、この先にアリシアが捕らえられている可能性もある。頑丈そうな扉を破壊できる程度の魔術にしておいた。

派手な爆発で、建物全体が揺れる。もう隠す気はないが……これで敵全体に襲撃が伝わっただろう。

《フレアバースト》の威力は計算通り。

大穴の開いた扉へと走る。

そのとき、背後からレムの声が飛んできた。

「……ディアヴロ！　先へ行ってください！」

「なんだと!?」

振り返れば、通路の先から大軍が追いかけてくるのが見えた。

「……ここで足止めします！」

「あたしも！」

レムが手甲を装着して身構え、シェラが漆黒の弓に矢をつがえる。

——あんな大勢の敵兵を二人に任せるのか？

大丈夫なのか？

とくにレムは、帝国に狙われている。

もっと戦力を置いていくべきでは。

しかし、司令官を追うなら魔導機兵《マギマティックソル》と交戦の可能性がある。前衛からロゼは外せなかった。

道案内のルマキーナも。

ホルンでは戦力にならないだろう。《魅了》は敵の合計レベルが使用者より低くなければ効果がない。

そのとき、レムとシェラの横に立ったのは――

シルヴィだった。

「じゃあ、ディアヴロさん、二人のことはボクに任せてくれる？」

「し、しかし……」

「急いで行かないと、標的に逃げられちゃうよ？」

「くっ！　任せたぞ貴様ら！」

「任されたよ♪」

シルヴィが片手を挙げる。

シェラとレムも戦闘準備を終えた。

「がんばる！」

「……任されました」

彼女たち三人を残し、ディアヴロは先を急ぐのだった。

迫ってきた敵兵が、ずらりと銃砲を並べる。

レムは身体《からだ》の奥で輝功《きこう》を練った。鎧《よろい》のように身に纏《まと》うことで、少しくらいの攻撃なら耐えられる。

敵の隊長が、息を呑《の》んだ。

「ムグッ⁉ あ、あれは……《器の少女》だッ！ 捕らえた者には、将軍の地位が約束されるぞ！」

「うおおおおおッ‼」

敵兵は撃たずに、捕獲しようと突っこんでくる。

シルヴィがパチンと指を鳴らした。

「《アイビーバインド・フォレストⅣ》ッ‼」

床が割れて、通路を塞ぐ勢いで蔓草《つるくさ》が伸びてきた。ぐわあぁぁぁぁ、と敵兵が悲鳴をあげて蔓草に絡まれる。

まるで、屋内にジャングルが出現したかのようだった。

レムが唖然《あぜん》とする。

「……すごい。シルヴィが、これほどの魔術師だったなんて」

「いやー、若い子の成長のために、あまり本気を出さないようにしてたんだけど……そう言ってられる状況じゃないしね～」

「あたしたち要らなかったね」

シエラの言葉は、すぐに否定された。

爆発音がして、帝国兵ごと蔓草が焼き払われる。

吹きつけてきた熱風に、レムたちは「ウッ」と顔をかばった。

シュウシュウと蒸気を噴き、進んでくるのは――

紫色の魔導機兵《マギマティックソル》だ。

レムの喉がカラカラに渇いた。

かすれる声でうめく。

「……紫のヴィオラノス」

あれに追われて、あやうく殺されかけた。

そして、アリシアを捕らえたのも、あの機体だろう。

大きい通路を窮屈そうに魔導機兵《マギマティックソル》が進んでくる。濁った声が響いた。

『貴女《あなた》のほうから来るなんてね！　リッカとエリーナの恨みッ!!　四肢に刻んでやる！』

憎悪の籠もった声だった。

実はエリーナは生きているが、そのことをレムたちは報《しら》されていない。

レムは拳を握りしめた。

「……わたしも、あなたに用があります。アリシアはどこですか？　赤い鎧の人間《ヒューマン》の女性です」

『知るかッ!!』

†

ディアヴロは焦る。

謁見の間には、足止めにもならない数の兵士がいるだけだった。

その奥——

国王の居室へと進む。

ところが、執務室にも、客間にも、寝室にも、司令官ドリアダンプの姿はなかった。

「くっ……」

逃げられた⁉　あるいは、不在だったのか⁉

ロゼが報告する。

「生体反応なし。この部屋には誰もいません」

玉座で待っているとは期待していなかったが、まさか国王の居室にもいないとは。

ルマキーナが執務机を睨《にら》む。

「ディアヴロ様！　このコップから、まだかすかに湯気が！」

「ほう」

ということは、直前まで執務室に居たわけか。

謁見の間の前での戦闘から、ディアヴロたちが執務室に突入するまで、三分もかかっていない。

裏口はないはずだった。通路が多いほど、敵襲に弱くなる。

ホルンが声をあげる。

「ここから風を感じるっす！」

執務室に重そうな本棚があった。

壁に立て掛けてあるなら、風など来るはずがない。

詳しく調べていたホルンが、一冊の本を引いた。

ガコン！　と音がして、ガラガラと歯車を鳴らしつつ、本棚がスライドする。

案の定——

本棚の裏に、隠し通路があった。

おそらく、過去のリフェリア王が造らせたものだろうが……これだけ広大な城塞都市の中心にある巨大な城の最深部にありながら、さらに逃げ道を用意しているとは。

ルマキーナが讃《たた》える。

「素晴らしいです、ホルンさん！　よく見つけられましたね！」

「照れるっす！」

彼女が頭を掻《か》いた。

ディアヴロも感心する。

「やるではないか、ホルン」

「えへへ……」

「尻を見せるだけの盗賊《シーフ》ではなかったのだな」

「それは忘れてほしいっす!!」

ロゼが先頭になって、本棚の裏にあった隠し通路へと入るのだった。

†

一方――

紫のヴィオラノスが、蔓草を焼き払った武器を捨てる。

憎悪に染まっていても、レムを殺す気はないらしい。

捕まったら、死んだほうがマシだと思うような目に遭わされそうだが……

レムは手を握りしめ、身構える。

「ふううう……」

輝功の基本は呼吸だった。

シェラが矢をつがえて、ヴィオラノスの頭——眼《め》を狙う。そこが弱点だと、ディアヴロが教えてあった。

「レムも召喚術士をやめて、拳士をやる気になったんだね」

「……なんのことですか？」

「あたしも、皆の役に立てるのは、弓かなって思って」

「……それは全面的に正しいと思います。あなたにしては驚嘆に値するほど本当に珍しく的確な判断です」

むしろ《ターキーショット》一体しか契約していないのに、召喚術士を名乗っていたのが烏滸《おこ》がましい。

「レムも、ソラミさんに〝拳士のほうが向いてる〟って言われてたじゃん」

「……わたしは召喚術士です」

言い合っていると、シルヴィが割りこんでくる。

「来るよ！」

『まず、邪魔な二匹から潰してやるよッ!!』

ヴィオラノスが突っ込んできた。

シルヴィが叫ぶ。

「部屋まで後退ッ!!」

「きゃあああああ～～～～～～!!」

シエラが悲鳴をあげつつ、レムは素早く《謁見の間》へと飛びこんだ。

一度、来た場所だ。

おおむね広さや造りは把握していた。

あのときは、着飾った臣下たちと、ふんぞりかえる国王がいて、やたらと緊張した。

今は、数名の帝国兵が倒れており、まるで廃墟《はいきょ》のよう。燭台《しょくだい》に灯火はなく、採光窓から入るわずかな光だけで薄暗い。

『ハッ！　わざわざ広い場所を選んでくれるとはね！　こっちのほうが動きやすいよ』

「狭い場所だと、たんなる力比べになっちゃうからねー」

シルヴィが手を突き出す。

指先に魔力の光を灯《とも》し、空中に残光で線を引いた。

魔力で描く魔術陣――

一般的に、発声だけの《詠唱魔術》よりも、魔術陣を使った《陣式魔術》のほうが強力だとされている。

ただし、普通は準備に時間がかかるので、戦闘中に使うことはないが。

「《鉄鎖拘束《チェーンバインド》》ッ!!」

魔術陣から、何本もの鎖が飛び出してきた。

それが生きている蛇のように、ヴィオラノスに絡みつく。

『こんなもの！』

鎖に無数のヒビが入る。

「シェラちゃんッ‼」

「うん！《ユニコーンシュート》ッ‼」

弓系の武技だ。威力を何倍にも高めた一撃が、魔導機兵《マギマティックソル》の頭を狙う。一瞬だろうと動けない隙を見逃すことはなかった。

見事にヴィオラノスの眼を貫く。

『ぐがっ⁉　たかが、メインカメラがやられただけよ‼　私には《心眼》がある！』

絡みついていた魔術の鎖を引きちぎり、シルヴィとシェラに突っこんできた。

「ヤバ！」

シルヴィが姿を消すような速さで、その場から離れる。

「きゃあああああ⁉」

シェラは悲鳴をあげるばかりだった。攻撃はいいが、攻められると弱い。

突進するヴィオラノスに、横からレムが肉薄した。

拳で――

「《輝功拳《きこうけん》》ッ‼」

右肩を殴った。

『きゃあああああッ⁉』

それまでの恐ろしい声からは想像できないほど可愛らしい悲鳴をあげながら、ヴィオラノスが吹き飛んだ。

肩の装甲が砕け散る。

シェラが両手を挙げて飛び上がった。

「やった！　やっぱり、レムは拳士になったんだね！」

「……わたしは、召喚術士です！」

レムは追撃する。

ヴィオラノスが反撃してきた。

『うざったいのよ！　チョコマカとッ‼』

巨大な拳を突き出してくる。

先の戦闘では、動揺したこともあって遅れを取ったが……

今のレムは、銃弾にすら対処できる。

「……無駄な動きが多過ぎます」

ヴィオラノスの拳を避け、レムは跳ぶ。先ほど一撃を加えた敵の右肩に、今度は左手を叩きつけた。

そして、叫ぶ。

「《アスラウ》ッ‼」

レムが左手に持っていた水色のクリスタルが砕け――

召喚獣が現れる。

高レベルではない召喚獣なので、いつも当たる前に撃破されていたが、その心配はなかった。

出現した瞬間に命中だ。

アスラウが、ヴィオラノスの右肩を砕き散らす。

『ひゃあああああ‼』

ずどん、と魔導機兵《マギマティックソル》の巨大な腕が落ちた。

召喚獣のHP《生命力》も尽きて、アスラウは黒色のクリスタルとなる。レムの手に戻ってきた。

レムは着地して、すぐ間合いを取る。

「……これが、わたしの召喚術です」

少し得意げに言った。シェラが指差してくる。

「なんかズルイ！」

「ズルイ⁉」

シルヴィが窘《たしな》める。

「油断しない！　追い詰めてからが、本番だよ！」

ヴィオラノスがうめいた。

『追い詰めた？　この私を……追い詰めたつもりか、糞《くそ》ども！　人族《ひとぞく》なんぞ鬼族の餌でしかないんだよッ‼』

失った右肩から、赤色の触手が噴き出してきた。

レムは、さらに間合いを取る。

「なんですか⁉」

『死ね！　死ね！　死ね！　もう器も何も知るものか！　殺してやるッ‼』

ヴィオラノスの右肩から生えた触手が、巨大な蛇のように、レムへと迫ってきた。

逃げない。

レムは両手に別の召喚獣のクリスタルを握った。

「……いいでしょう。もとより、ガド流は魔獣と戦うために生まれた流派です。大蛇だろうが巨人だろうが退きはしません」

†

ディアヴロたちは隠し通路を急ぐ。

途中に罠もあったが、ロゼを損傷させるほどの威力はなかった。

ほどなくして、外へ出る。

「中庭⁉」

最初の場所かと思ったが、木箱は積み上がっていない。あれとは別の中庭だった。

周囲には薔薇《ばら》が植えられている。

広さは――

建物に囲まれているが、戦うのには充分な広さがあった。

ディアヴロは魔杖を構える。

「どうやら、待ち構えていたらしいな」

「クックックッ……そういうことだ、侵入者ども」

野太い声がした。

中庭の中央に、でっぷりと太った男がいる。あんな体型の将兵はいないだろう。

「貴様が、司令官のドリアダンプか」

「〝様〟を付けんか、無礼者め」

逃げ回っていた男とは思えない尊大な態度だった。

強気の理由は、彼の前にある。

魔導機兵《マギマティックソル》が三体も用意されていた。

ドリアダンプがコレクションを自慢する子供のように、愉快そうに言う。

「《灰のラウムノス》《緑のウィリデノス》そして、こいつがリフェリア王を討った魔導機兵《マギマティックソル》《黄のエルレノス》だ！」

ラウムノスから、くぐもった声があがる。

『おいおい……侵入者はたった四人かよ？　オレら三人も必要なかったんじゃねーか？』

『ん……』

ウィリデノスからは、消極的な吐息だけが聞こえた。

反対に、エルレノスは好戦的だ。

『アハハ！　何でもいいじゃん！　ちょっと退屈してたからさ、ボクは斬り刻めるなら、何でもいいよ♪』

そのうえ、建物の中から、わらわらと帝国兵が出てきた。兵数は、もう数えようもないほど多い。

ホルンが心細い声をもらす。

「やばばばっす～」

「くっ……ここは危険です、ディアヴロ様」

ルマキーナも不安げだ。

ロゼが身構える。

「マスター、ご命令を」

ディアヴロは相手の思惑に乗ってやる気はなかった。要は司令官を倒せればいいのだ。

「ふんっ……これくらいの状況は想定内だ！　《クロスブリザード》ッ!!」

レベル110の水と風属性の元素魔術。

二つの竜巻が発生する。触れた物の全てを凍らせ、そのうえで暴風により砕き散らす攻撃だった。

魔導機兵《マギマティックソル》には、そこまで効果はない。

けれども、司令官は生身だ。

エリーナの情報によれば、彼は〝魔導師〟であるらしい。《ガールズアームズ》にそんな設定があったかは覚えていないが……

ゲルメド帝国の主力兵器は魔導機兵《マギマティックソル》なのだし、一般兵は魔導器を使っている。それほど違和感はなかった。

そして、この世界における魔導師とは、どういうものなのか。

調べる余裕がない以上は、戦ってみるしかなかった。

——魔導機兵《マギマティックソル》を頼っているのだから、それより強いことはなかろう。

《クロスブリザード》が中庭外周の薔薇を凍らせ、砕き散らす。

建物から出てきた帝国の一般兵たちが、「退避！　退避！」と叫んで引っこんだ。

そして、司令官ドリアダンプは——

「ぐわぁー‼」

悲鳴をあげ、真っ白になる。

「やったっす！」

ホルンが拳を突き上げた。

ところが、ドリアダンプを覆っていた氷が、あっさりと散ってしまう。

「ぶっふぉっふぉっ！　倒せたと思ったか？　甘い！　甘いな！　ワシに魔術なんぞ効かんぞ！」

ディアヴロは目を見張った。

魔導機兵《マギマティックソル》ですらダメージを受けていた。１１０レベルの魔術なら、魔王にだって少しは効果があるのに。

「チッ……魔王以上に魔術防御力が高いか、あるいは魔術攻撃を遮断しているのか？　だが、物理攻撃なら通るはずだ！」

でなければ、ディアヴロたちから逃げる理由がない。

魔術も物理攻撃も効かないのなら、謁見の間で堂々と迎え撃っているだろう。

ドリアダンプは言動からして、圧倒的に有利な状況なら、敵をいたぶって愉悦に浸るような性格だ。

魔導機兵《マギマティックソル》に頼る必要があるから、隠し通路を使って、ここまで逃げてきたのは間違いなかった。

ディアヴロは命じる。

「ロゼ、仕留めろ！」

「イエス・マイ・マスター!!」

はじかれたようにロゼが突っこんでいく。

ドリアダンプも命じる。

「魔導機兵《マギマティックソル》ども、侵入者を殺せ！」

ロゼを、黄のエルレノスが迎え撃った。

『速いね♪』

「邪魔です！《アステリズモス》ッ!!」

ロゼの背後の空間が波打つ。

忽然《こつぜん》と巨大な双頭剣と、それを扱う両腕が出現した。

彼女の魔導機兵《マギマティックソル》だ。

関節にはヒンジが見え、動脈のようにパイプが走っており、帝国の魔導機兵《マギマティックソル》とは細部に違いがあった。

『ええっ⁉』

驚愕《きょうがく》したぶん、エルレノスの動きが遅れる。

「《クリオス》ッ‼」

横薙ぎの斬撃だ。

エルレノスが寸前で引き、胸甲をえぐっただけに終わった。

『ハッ！　アハハッ！』

「む……？」

『たしか《黒のゼロノス》だったかな』

「黒のゼロノス……それが、このロゼの……」

『旧帝国の遺物さ』

「…………」

『ボクみたいな適合者が見つかる前は、キミみたいな機械に魔導機兵《マギマティックソル》を扱わせてたらしいね。今は廃れてる。当然だよね、ボクら適合者のほうが圧倒的に強いんだから！』

「このロゼは、弱くありません」

『フフ……旧式の量産型さ。ボクらにとっては、試し切りの案山子《かかし》みたいなものだよ。訓練のときに、いっぱい倒したなぁ。まさかこんなところで、また戦《や》ることになるなんて思わなかった』

「このロゼを……案山子と言いましたか」

『最初から全力で戦ってよね。少しは遊びたい気分だからさッ‼』

エルレノスが一瞬で間合いを詰め、その両手に持った二本の剣を振る。

受け止めたロゼの魔導機兵《マギマティックソル》――ゼロノスが押し下げられた。

「ッ⁉」

パワーが違う。

ゼロノスは人族《ひとぞく》に比べれば巨大だが、エルレノスなど帝国軍の魔導機兵《マギマティックソル》に比べると一回り小さかった。

新しくてデカイほうが強い。

兵器における常識だ。

一対一では分が悪いか。ディアヴロは彼女を支援したかったが、それは難しかった。

ドリアダンプは〝侵入者を殺せ〟と命じた。

命じられたら、傍観はできない。

戦意は感じられなかったが、残る二体の魔導機兵《マギマティックソル》が、ディアヴロの前に立った。

『手遅れだと思うけど、何か手段があるなら、逃げたほうがいいぜ？』

『……うん』

忠告の言葉には、尊大さではなく、切実さが込められていた。

ディアヴロは同情を禁じ得ない。

「やはり、貴様らは強制されて戦っているようだな？」

†

灰のラウムノスと、緑のウィリデノスが逡巡《しゅんじゅん》する。

『オマエ、何を知ってんだ⁉』

『……うぅ？』

エリーナから聞いた——と言えれば、話は早かっただろうが、司令官ドリアダンプにも声は届いてしまう。彼女が情報を漏らしたことを知ったら、何をするか……

睨み合いは長く続かなかった。

「何をしている！　殺せ！」

ドリアダンプの怒声が、彼女たちの背を蹴飛ばす。

舌打ちまじりにラウムノスが動いた。

『逃げないなら、殺すぜ！　悪いが、そう命令されてるんでなッ‼』

迫ってくる。

ラウムノスの手の甲から、シャキーンと爪が伸びた。

いわゆる、ベアクローではないか。

——うっ⁉

ちょっとカッコイイ、と思ってしまった。

しかし、見ているぶんには燃えるが、一本一本が槍のような大きさの爪で自分が攻撃されるとなると悠長にしていられない。

ディアヴロの後ろにはルマキーナたちがいる。彼女たちは魔導機兵《マギマティックソル》に攻撃されたら、ひと溜《た》まりもない。

ラウムノスを支援するように、緑のウィリデノスも距離を詰めてくる。そちらは巨大な鉄槌《てっつい》を装備していた。

普通なら、近接装備の前衛には、射撃装備の後衛を組み合わせる。

しかし、今回は三体とも近接装備だった。

おそらく、場所が自軍の拠点で、周りに帝国兵が大勢いるからだろう。

この状況で、ディアヴロが逃げ回り、魔導機兵《マギマティックソル》が射撃武器を撃ちまくったら、どれほど損害が出るかわからない。

ドリアダンプに流れ弾が跳ぶ可能性もあった。そうなってくれれば、楽だったが。

ディアヴロは作戦の失敗を悟る。

「この魔王に挑むとは、愚か者どもめ！」

威圧的に言いつつ、内心では口惜《くや》しく思っていた。

——やっぱり、戦うしかないのかよ。

エリーナの話を聞いて、できれば魔導機兵《マギマティックソル》たちと戦いたくないと考えていた。

しかし、この状況だ。

もっと上手《うま》い策があったのではないかと悔やむ。悔やむが、撤退するわけにはいかなかった。

ディアヴロは魔杖を突き出す。

「光よ集え、《ハーキュリーズランス》ッ‼」

１２０レベル光属性の攻撃だ。

魔導機兵《マギマティックソル》の鉄槌より大きい光の槍が、ロケットのような速さで飛んでいく。

狙いは頭部。

他の部位ほど強度はなく、外を見るための目がある。

当然、相手もわかっているから、充分に警戒しているはずだが。

『うおっとぉ！』

回避された。

体勢が崩れたところへ。

「《フレアバースト》ッ!!」

『ガッ⁉』

あえて攻撃を避けさせて、発生の早い魔術を命中させた。

しかし、直撃させたのに破壊できない。

『チクショー、やりやがったな！』

「こいつも、魔術防御が高い。限界突破前の魔術では、効果がないか」

『サヤ！　同時に行くぜ！』

『……ん！』

ラウムノスとウィリデノスが、左右から挟むように攻撃してくる。ゲームにもあった、二体による《コンビネーション・アタック》だった。

ディアヴロは一方へ魔術を放つ。

「《ヴォルカニックウォール》ッ！」

『ハッ⁉』

目の前に現れた炎の壁に、緑のウィリデノスが足を止める。突っこんできたら、止められたかは怪しいが……

そんな度胸のある操縦者ではない、と判断した。

ウィリデノスは足止めできた。

しかし、すでにラウムノスが肉薄している。
手甲の爪を突き出してきた。
『うおぉぉぉぉぉ！　これは戦争なんだッ！　弱いヤツは死ぬんだよッ‼』
「同感だな……《ロックカノン》ッ！」
詠唱省略《オミット》により、連続で強力な魔術を放った。
巨大な岩が出現し、飛ぶ。
至近距離だ。
『ッ⁉　ンギィ～～～～～～～～ッ‼』
回避はできまい――と確信していたのに、ラウムノスが瞬間的に上体を反らした。
ディアヴロは目を見開く。
「嘘だろ⁉」
頭部装甲を削り取ったものの、直撃はできなかった。
互いに距離を開ける。
『クハッ！　やるじゃねーか！　ちょっとチビッたぜ！』
『……うぅぅ……火……こわい』
まさか、超至近距離からの《ロックカノン》を回避されるとは！
視線を読まれたか？

ディアヴロは内心の動揺を隠す。

「クックックッ……そうでなくてはな。今のくらいで壊れてもらっては、愉《たの》しめないというものだ」

『チッ……トゥアハと同じような戦闘狂《バトルマニア》か。あっちに任せたほうがよかったかな？』

『あっち……もうすぐ、おわるよ』

嘘だろ⁉　とディアヴロは視線を向ける。

何かが折れるような派手な金属音があがったのは、ほぼ同時だった。

†

ロゼが地面に倒れ伏す。

「あぐ……⁉」

『アハハ！　いやぁ、驚いたよ。こんなに強い《黒のゼロノス》と戦ったのは初めてだ。どうしてかな？　経験値が多いせい？　キミが特別なの？』

「くっ……このロゼが……」

黄のエルレノスによって、ロゼの魔導機兵《マギマティックソル》は両腕をもがれてしまった。

双頭剣も砕かれ、破片が地面に転がっている。

完全に破壊されていた。

果たして、あそこまで壊されても、修復できるのだろうか？

対峙《たいじ》しているエルレノスは、ほとんど損傷していない。

『思ったより楽しかったよ』

「ロゼは……まだ負けていません……ッ!!」

彼女は立ち上がり、双頭剣を構えた。

しかし、魔導機兵《マギマテイックソル》を失っては、戦いになるはずもない。

ディアヴロは叫ぶ。

「ロゼ、下がれ！」

「ッ!? マ、マスター……」

「あとは、我が相手をしてくれる！」

「……わかりました」

見逃してくれるか不安だったが、もう戦力に数えられないロゼに、相手は興味を失っていた。

黄のエルレノスの操縦者――トゥアハが、こちらへと視線を向ける。

『フフフ……キミだろ？　ミグルタが言ってた、リッカとエリーナを倒した魔術師』

『なに、コイツが!?』

『……ッ⁉』

灰と緑の二人が息を呑んだ。

トゥアハが笑う。

『あんなスゴイ魔術を連発できるヤツが、リフェリア王国なんかに何人もいるわけないじゃん？』

『くっ……コイツが……リッカとエリーナを！』

『…………ッ』

仲間を殺した敵として、憎悪を向けられるのは、思っていた以上に精神的につらいものがあった。

こちらも、仲間を守るために戦ったのだ。

それゆえに、彼女たちの気持ちがわかってしまう。

「くっ……」

ディアヴロの心拍数が上がった。

さすがにヤバイ状況だ。

敵は、ほとんど無傷の魔導機兵《マギマティックソル》が三体――

相当なレベルの魔術でなければ効果がないのに、それを詠唱している時間が取れない。

ロゼは戦闘不能になってしまった。

しかも、自分の背後にはルマキーナたちが。
ルマキーナは戦闘力が上がる《祝福》の祈りを捧《ささ》げていたが、ロゼは機械なので効果がない。
ディアヴロも《魔王の指輪》によって反射してしまうので、効果がなかった。
――そんなことは、彼女とてわかってるはず。
ならば、なんのために祈っているのか？
ルマキーナが声をあげる。
「エリーナ・ルフォリアさんは生きています！」
『えっ⁉』
「赤色の魔導機兵《マギマティックソル》は燃えましたが、彼女は蘇生《そせい》できる種族でしたから」
『そうか……エリーナはヴァンパイアだ！』
灰のラウムノスから、嬉《うれ》しそうな声がした。
緑のウィリデノスからも。
『……‼』
わかりにくいが、おそらく喜んでいるのであろう息づかいが伝わってきた。
黄のエルレノスからは、笑い声がこぼれてくる。
『アハハハ。そっかー、エリーナは生きてたんだねー。よかったねー』

空々しかった。

戦闘のときの愉快そうな笑い声に比べると、トゥアハの仲間を想《おも》う言葉は、全てが嘘臭い。

とはいえ、これは使える交渉材料かもしれない。

状況は圧倒的に不利だ。

三体と正面からの戦いになったら、勝てるか怪しい。

相手の内輪もめを誘えれば、強力な魔術を使うための隙を作ることができるかもしれなかった。

「本心を述べるがよい――貴様ら、本当は戦いたくないのではないか？」

『アハハ！　そうだよー、ボクは本当は戦いたくなんだー。でも、この魔導機兵《マギマティックソル》に乗ってると、尻尾がうずいちゃうんだよね☆』

黄のエルレノス――トゥアハとかいう操縦者はダメだ。戦いたくないと言いながら、戦意が漲《みなぎ》っている。

こいつは戦闘に魅入られていた。

灰と緑は、見込みがある。

『そりゃ……でも、オレたちは……』

『うぅ……』

　もう少し時間を稼げるかと思ったのだが。

　ドリアダンプが怒鳴る。

「貴様ら！　ワシの命令に逆らう気か⁉　そんなことができるわけがない！　わかっているだろうなッ‼」

　二人が苦悶《くもん》の声を漏らした。

『ウグッ……』

『ヒッ⁉　ごめんなさい』

『わ、わかってるぜ！　怒鳴るんじゃねえよ！　すぐに、こいつらを殺す。それでいいんだろうが！』

「グフフ……たかが魔術師一人に、手間取ってるんじゃない」

　魔導機兵《マギマティックソルジャー》三体が、こちらに武器を向ける。

　ディアヴロの背を冷や汗がつたった。

　時間稼ぎは無理か。

「下衆《ゲス》め……奴隷魔術に人質か？　下らぬ真似《まね》をしおって。よかろう……我が最強の魔術で、貴様らを屠《ほふ》ってくれる！」

『アハハ！　それ本当⁉　楽しみだなー‼』

　笑いながら、エルレノスが突っこんでくる。

ディアヴロは覚悟を決めた。

普通の魔術では、通用しない。

奥歯を噛《か》む。

「ッ‼」

そのとき、魔導機兵《マギマティックソル》たちの背後──

司令官ドリアダンプが戦いを眺めている。その後ろから、影が忍び寄った。

†

いつの間に、そんな場所まで行ったのだろうか？

まるで影から飛び出したかのようだった。

巨大なドリアダンプの背後に、音もなく忍び寄ったのは──

ホルンだった。

「ッ‼」

「お、ごっ⁉」

ドリアダンプが呻《うめ》き声をあげる。

ホルンの短剣が、巨漢の脇腹に刺さっていた。

ガチガチガチ、とホルンが歯を鳴らす。他人を傷つけたのは初めてなのか？　刺したほうが、顔を青くしていた。

ギロリッ、とドリアダンプが睨みつける。

「塵《ごみ》めがァッ!!」

固く握りしめた拳を振った。

強烈な裏拳が、ホルンの顔面を殴りつける。

「うぎゃっ!!」

派手に吹っ飛ぶ。

ホルンの鼻から血が、ぼとぼとこぼれ、彼女の服を真っ赤に濡《ぬ》らした。

ドリアダンプは魔導師という話だったが、ただ体躯《たいく》が大きいだけでなく、戦士のように頑強で膂力《りょりょく》に優れていた。

吼《ほ》える。

「そんな短剣ごときで、ワシを殺《や》れると思ったか⁉」

「う、ううぅ……」

脇腹からは、どくどくと血が流れているが、致命傷にはほど遠い様子だった。

あれなら、ポーションなどで簡単に回復できるだろう。

予想した通り、物理攻撃は通じた。

しかし、予想外にドリアダンプは頑強だった。

《クロスブリザード》すらダメージを受けつけなかった魔術防御力に比べれば、いくらかマシだが。

レベル80盗賊《シーフ》の攻撃を受けながら、反撃までするとは！

戦士並の肉体だ。

「貧弱な小娘め！　手足を砕いて、魔導機兵《マギマティックソル》に放りこんでくれるッ!!」

「あ、ぐ、ぁ……」

「このワシに、傷をつ…………!?」

ドリアダンプが目を白黒させた。

自身の喉に手をやる。

「……ッ!?」

唇は動いているが、声がなかった。

ホルンが鼻をぬぐう。

おそらく、鼻骨が折れているのだろう、血は止まらなかった。ふがふがした声で言う。

「魔術師殺《キャスターブレイカー》しっす」

彼女が短剣を持ち上げた。

ディアヴロの倉庫から、持って行ったものだ。

特殊効果は――

ダメージを与えた目標を一定時間だけ《沈黙《サイレント》》にする。舌を麻痺《まひ》させる。

毒の短剣だった。

ゲームだと、近接武器で魔術師を殴れたら、状態異常《バッドステータス》にするよりも倒してしまったほうが早い。

そういう理由で、ハズレSSR扱いされていた。

しかし、この世界では、《沈黙《サイレント》》は声が出せなくなることを意味する。

奴隷魔術での命令も不可能だった。

他の兵たちへの命令もだ。

「…………ッ!!」

ぱくぱくとドリアダンプが唇を動かし、おそらくは怒鳴りつける。それでも、声は出なかった。

手を動かし、何かを要求する。

中庭の戦闘を遠巻きに眺めている帝国兵たちへ《状態異常《バッドステータス》回復ポーション》を要求しているのだろう。

これだけの数の兵士がいれば、誰かは持っているはずだ。

ざわついた。

誰一人、助けようとしない。

中庭の真ん中で、ドリアダンプが声なき命令を繰り返す。

帝国兵たちは眺めているばかりだった。

魔導機兵《マギマティックソル》三体も同じ。

灰のラウムノスがつぶやく。

『ふぅ……ふぅ……オレたちは、侵入者を殺すように命令された。だから、キサマらを殺す！　けど、少しくらいなら……ッ……耐えてみせる！』

『はぁー……はぁー……』

奴隷魔術の命令に、彼女たちは抗《あらが》っていた。

トゥアハも。

『どーしよーかなー？　ボクけっこう魔術師クンと本気で戦ってみたいと思ってるんだけどさ？　でも殺したいっていえば、一番殺したいのは、あのデブなんだよねー』

戦闘狂の彼女も、最も敵意を向けているのはドリアダンプだった。

ホルンが短剣を構える。

「ふぅー、ふぅー……倒すっす！　ウチが倒す！」

「アッ、ガッ！」

ドリアダンプが脇腹を押さえ、殺気を漲らせる。

その迫力は、手負いの熊のようだ。

しかし、ホルンは子供ではあっても、高レベル盗賊《シーフ》——接近戦であれば、まず遅れは取らないだろう。

だからといって、傍観しているほどディアヴロは暢気《のんき》ではなかった。

駆ける。

——《ソードスマイトⅢ》ッ!!

一瞬にして間合いを詰める。

同時に、ポーチから長剣を取り出した。

訓練用の《セラフィックソード》ではあるが、手負いの魔導師を仕留めるのに、不足はない。

外輝功で強化する。

まだ使いこなせてはいなかったが。

南方新地カリュティアから、王都に戻ってくる道すがら、さんざん練習した。漫然と馬車に揺られていたわけではない。

ガド流の師範代ソラミに教えられた輝功と、剣聖ササラから授かった武技を合わせる。

——《ヒートソニック》ッ!!

この武技はレベル80で習得でき、レベル120で〝Ⅱ〟となる。まだ第一段階しか使えないが、威力は高い。

長剣が真っ赤に焼けて輝いた。

ディアヴロは駆け、ドリアダンプに迫る。

相手が気付いた。

こちらを向き、片手を突き出す。彼自身の出血で真っ赤に濡れていた。

魔導を使ってくるか⁉

しかし、ドリアダンプの唇は開いたものの、声は出なかった。

「…………ッ‼」

クロスレヴェリにおける魔術師と、ガールズアームズにおける魔導師に、どれほど共通点があるかは不明だが。

《沈黙《サイレント》》の状態で使える魔導はなかったらしい。何も起きない。

ディアヴロは真っ赤に燃える剣を振りかぶった。

――また殺すのか？

「くっ……‼」

視界の端に、短剣を構えたホルンがいる。

背後には、ロゼもいる。

自分は手を汚さず……彼女たちに任せるのか？　そんなことをすれば、絶対に後悔するだろう！

業を押しつけてはいけない。

そして、守りたいものは、この手で守らなくてはッ‼

叫ぶ。

「我は！　異世界の魔王ディアヴロ！　刃向かったことを地獄で悔いるがよいッ‼」

武技を叩きこんだ。

一瞬にして八つの斬撃が、ドリアダンプを斬り裂いた。

鮮血が舞う。

「………ッ‼」

悲鳴すらも声にならなかった。

†

灰のラウムノスの胸甲が、はじけるように開く。

顔を出したのは、灰色で短髪の女だった。

「ワオォォォォォォン！　オレたちは、自由だぁぁぁぁーッ!!」

触手のようなものに埋まっており、やはり全裸に近い。

犬耳があり、種族はドワーフかと思ったが、その四肢には筋肉がついていて逞《たくま》しかった。

――人狼《ウェアウルフ》だ。

黄のエルレノスからも、甲高い声が響く。

『キャハー!!　死んだ！　死にやがったよ！　とうとう、シンダー!!』

ぶんぶんと両手の剣を振り回した。

振り回しながら、笑う。

一番感情を爆発させたのは、意外にも緑のウィリデノス。

搭乗者の名は、サヤといった。

「あああああああああああああああああああああッ!!」

魔導機兵《マギマティックソル》が鉄槌を振り下ろしてくる。

ディアヴロはホルンを抱え、慌てて飛び退いた。

「うおっ!?」

「ひぇ」

「ああああああああああああああああああッ!!」

地面が揺れるほどの衝撃だった。

倒れたドリアダンプに――

ウィリデノスの鉄槌が叩きつけられる。

肉片が飛び散った。

トドメとか、念の為《ため》とか、そういう行為でないのは、すぐわかる。

何度も何度も何度も、彼女は鉄槌を叩きつけた。

「あっ！　あっ！　あっ！　あっ！　死ね！　死ね！　クサイ！　死ね！　気持ち悪いっ！　気持ち悪いっ！　気持ち悪いっ！　死ね死ね死ね死ね死ね死ね死ねっ！」

金属のひしゃげる音がした。

魔導機兵《マギマティックソル》の腕から、油が噴き出す。関節が壊れた。

同時に、鉄槌が折れる。

「あああああああぁぁぁぁぁぁ――――!!」

サヤの声は、いつの間にか、泣き声に変わっていた。

彼女に何があったのか、ディアヴロは知らない。

しかし、よほどの恨みがあったのだろう。これほど強烈な憎悪の発露は、そうそう見たことがなかった。

帝国兵たちの中から、駆け寄ってくる者が一人――

銀色の髪をしたコボルトだった。

腰には片刃剣を提げているが、戦う意思は感じられない。剣を抜いていなかった。

緑のウィリデノスに向け、大声を出す。

「サヤ！　降りるんだ！　ハッチを開けろ、急げ！　泣いている場合ではない！」

「ああああああああああああーッ‼」

灰のラウムノスから、顔を出している人狼の少女がつぶやく。

「アイラさま？」

「バッキーも、トゥアハも降りろ！」

『えー？　なに言ってるの、アイラ？　ようやく自由になったんだよ？　ようやく自由に戦えるんだよ？』

黄のエルレノスは、まだまだ戦意旺盛だった。むしろ、先ほどまでより好戦的なくらいだ。

彼女の言葉に、ディアヴロは思わず身構えてしまう。

奴隷魔術は消えているはず。

少なくとも〝侵入者を殺せ〟という命令は、もう無効のはずだった。

しかし、自分が彼女たちの仲間リッカを殺したという事実は消えていない。その仇討《あだう》ちだと言われたら……。

アイラと呼ばれたコボルトの少女が叫ぶ。

「落ち着け、トゥアハ！　バッキーは、サヤを降ろしてやれ！　ウィリデノスのハッチをこじ開けるんだ、爪装備ならできる！」

「え？　そりゃー、できるとは思うけどよー？」

†

続々と、中庭に集まってくる。

「ディアヴロー!!」

声が聞こえて、振り返った。

中庭に面したバルコニーに三人の姿を見つける。

レムとシェラとシルヴィだった。

ほっ、とディアヴロは安堵《あんど》の吐息をつく。

——無事だったか。

ルマキーナも心配していたらしく、彼女たちの無事を神に感謝していた。
「大神よ、おおいなる恵みと慈悲を賜りしこと……」
「あれ？　誰か連れてるっすね？」
ホルンが首をかしげた。
言われて、よく見ると——
蔓草でぐるぐる巻きにして、何者かを拘束している。おそらくシルヴィの魔術だろう。
捕虜か？
額に角があるから、小鬼《オーガ》の少女か。
髪は紫色。
——もしかして、魔導機兵《マギマティックソル》の操縦者か？
レムたちが魔導機兵《マギマティックソル》と戦ったのだとしたら、ゾッとする。
しかし、倒したのだとすれば、なんと心強いことか。
アイラに説得され、黄のエルレノスがハッチを開いた。
触手の中にラミアの少女トゥアハが埋まっている。不服なのか、降りてはこなかった。
まだ、サヤという子は泣きじゃくっている。
まるで赤子のような有様《ありさま》だ。灰のラウムノスが巨大な爪で、緑のウィリデノスのハッチをこじる。

開けるのに、苦労しているようだった。

「もー、出てこいよー」

『あああぁぁぁぁぁぁぁー!!』

泣き声は続いていた。


そして、彼女たちに指示していた少女——アイラが、ディアヴロの前に立つ。

帝国兵の軍服を着ていた。

バッジの意味はわからないが、いろいろ付いてるから、それなりの階級の者であることは推測ができた。

少なくとも、魔導機兵《マギマティックソル》の少女たちより偉いのだろう。

銀色のコボルトというのは珍しい。

観察してみると——操縦者たちは全員が、魔導機兵《マギマティックソル》の機体色と同じような髪色をしていた。

染めたのでなければ、それが適合する条件なのか。あるいは、適合の証《あかし》なのか。

アイラが敬礼する。

「ゲルメド帝国軍兵団長アイラ・アルジャーナだ。もっとも、この肩書きは、もうすぐ意味を失うだろうが」

「フッ……司令官と魔導機兵《マギマティックソル》を失えば、侵攻軍は壊滅するだろうからな」

「それもあるが……ゲルメド帝国は敗走を許さない。私たちには、もう……居場所が」

そのとき、地面が揺れた。

目眩《めまい》ではない。

アイラも周囲を気にしていた。

地震か？

だとしたら、大きい。

建物が揺れる。

王城グランディオスの尖塔《せんとう》が、ぐらぐらと傾いた。

遠くから、ドォンと大きな音が響いてくる。しばらくして、また地面が揺れた。

「なんだ⁉　地震とは違うぞ、これは……」

響いてくる音も、爆発音とは違う。

雷鳴に似て、もっと重い。

アイラが顔を青ざめさせる。

「馬鹿な……早すぎる……」

「むっ⁉　貴様、何か知っているのか⁉」

彼女の額に汗が浮かぶ。

表情は恐怖に引きつっていた。

「足音だ……」

第四章　魔導機城ヴィオウィグス

意味がわからない。

こんな地震だか雷鳴だかわからないものが、足音だと?

何かの比喩か。

問いただそうとするディアヴロだったが、視界の端に、ありえないものが映った。


空に浮かぶ城だ。


「……なっ?」

ホルンが空を指差す。

「なんすか、ありゃー!?」

王城の尖塔《せんとう》の先に見えてきたのは、上空に浮かぶ黒色の影。その輪郭《シルエット》は、たしかに城だった。

浮かんでいる城から、四方へと構造物が伸びている。

大きすぎて、形が把握できない。

ディアヴロは一度だけ、似たような経験をしたのを思い出した。ゲームの中の話だが。

レジェンドドラゴンが登場するシナリオだった。

孤島に到着したプレイヤーを待っていたのは、島そのものがレジェンドドラゴンの背中だったという展開で……

ゲームでは、ちゃんとバランスを取ったシナリオで、レジェンドドラゴンと戦ったりはしなかった。

しかし、この世界にバランス調整などという言葉はない。空に見えているのが、ゲルメド帝国の城だとすれば、あれは戦うべき敵だった。

ディアヴロは、アイラを問い詰める。

「おい！　あれが帝国の城なのか⁉　答えるがいい！」

「……そうだ……あれは、ゲルメド皇帝の居城――魔導機城ヴィオウィグスだ」

魔導機城？

よく見れば、城の左右に伸びている構造物が、ゆっくりと動いていた。

山の稜線《りょうせん》のような大きさで。

雲を引き裂いて、動く。

「まさか、脚なのか？」

魔導機城ヴィオウィグスには、その巨大な城を支えるのに相応《ふさわ》しい壁のような脚があった。
ゆっくりと持ち上がり、着地するたびに、地響きが起きる。
なるほど、足音だ。
ルマキーナが怯《おび》えたような声を出す。
「……この付近に、おぞましい気配が漂っています」
「む？」
魔力は視《み》えないが……
上空に黒雲が漂った。
見覚えがある。
先の戦闘のときにも使われた、映像を映し出した魔術だった。
また、しわくちゃの老人が現れる。
『おおおおお……』
空から、呻《うめ》き声が降ってきた。
アイラがたじろぐ。
「ゲ、ゲルメド帝……ッ」
やはり、アレがそうらしい。
『おおおおぉぉぉ……《器の少女》だ……ッ!!』

像が、立体と化す。

飛び出す3D映像のように、顔だけが落ちてきた。

皇帝の顔に、黒い胴体の蛇だ。

映像だけかと思ったが……

アイラがうめく。

「ま、まさか、いきなりゲルメド帝がシャドウを⁉」

あんな姿になる方法も、そんなモンスターも、ディアヴロの知識になかった。

――何かの魔術なのか⁉

ルマキーナが珍しく声を荒らげる。

「ディアヴロ様、あれを看過してはなりません！」

「わかっている！」

実は、全くわかっていなかった。

この世界では、少なからずMMORPGクロスレヴェリの知識が通用してきた。そのせいで完全に未知な相手に、様子見をしてしまった。

あやうく、致命的な後手を踏むところだ。

どんな形だろうと、あれは敵だ！

そして、ゲルメド帝の狙いは《器の少女》――レムだった。近寄らせるわけにはいかない！

ディアヴロは魔術を放つ。

「《ライトニングストーム》ッ!!」

魔導機兵《マギマティックソル》にも効果があった攻撃だった。

光と風の属性を持つレベル１４０の魔術だ。竜巻が相手の動きを押さえこみ、同時に雷光を叩《たた》きこむ。

『おおおおおおお……ッ!!』

黒蛇のような姿の皇帝——シャドウが、霧散した。

ディアヴロは警戒を緩めない。

未知の敵と何度も戦ううち、不思議な感覚を得るようになっていた。

剣で斬ったときの〝手応え〟のようなものだ。

魔術では、本来ならば存在しない。

ゲームでなら、勝利のジングルと同時に、取得した経験値やアイテムが表示されたが、この世界には、そういう演出はなかった。

敵が消えたら倒したと思うべきなのだろう。

——だが、倒してない！

直感だった。

霧散していた黒い煙が、すうっと集まる。

予想通り。

シャドウが復活してしまった。まったくの無傷に見える。

ディアヴロは舌打ちする。

——俺としたことが、属性を読み間違えたか⁉　火力不足だったか⁉

これまで戦った相手は、それなりに魔術が通用した。

しかし、ゲルメド帝国の連中には、さっぱりだ。やはり、世界観が違うせいなのか？

「くっ……《バスターナパーム》ッ‼」

発生は遅いが、高火力の魔術だ。

シャドウは尾が長く、動きは速くない。少し先読みすれば、当てることは難しくなかった。

派手な爆発が、頭上を覆う。

帝国兵たちがどよめき、いくつも悲鳴が聞こえた。

アイラも両腕で頭を守る。

「くっ……なんという……これが、人の魔術だと……⁉」

「どうだ⁉」

ゲルメド帝は消えていた。

しかし、またも羽虫が集まってくるように、煙が濃さを増すように、元の姿へと戻ってしまう。

レムのいるバルコニーへと近づかれた。もう強力な攻撃魔術は使えない。彼女たちを巻きこんでしまう恐れがあった。

「なんということだ……」

こんなにも魔術が通用しないとは！

†

シェラが矢を放った。

「《トライアングルショット》だよっ‼」

しかし、高レベルの魔術すら効かなかった相手には、強い風が吹いた程度でしかない。

少し姿が揺らいだだけだった。

黒蛇の胴体に、老人の顔がついているシャドウ。その顔が、ニヤリと嗤《わら》った。

『おおおおぉぉぉぉ……間違いない！　この者こそッ‼』

その双眸《そうぼう》はレムだけを見ている。

シェラがたじろいだ。

「うわー、ダメみたい⁉」

「……くっ」

「ごめんね、レム！」

「……諦めるのが早すぎます」

レムは深呼吸する。

体内で輝功《きこう》を高めた。

ゲルメド帝が迫ってくる。

細長い胴体の先にある、しわくちゃの老人の顔が、叫ぶ。

『おおおぁぁァッ！　間違いなく、器の少女ッ‼　余を受け入れよ！　余を孕《はら》み、余を産み落とし、余に新たな生を授けるがよい！　しからば、汝《なんじ》を聖母としてやろうッ‼』

「気持ち悪いです！」

完全無欠の拒絶だった。

『おぎゃあああああああァッ！』

叫びながら、シャドウが、人を丸呑《まるの》みできそうなほど口を大きく開く。

レムは右拳を腰撓《こしだ》めに構えていた。

突き出す。

「《輝功波《きこうは》》ッ‼」

彼女の叔母――ソラミが使っていた必殺技だった。

老人の顔が、吹き飛ぶ。

「やったぁ！」

シェラが両手を挙げて喜んだ。

レムが歯噛《はが》みする。

「……くっ」

またも、シャドウは形を取り戻していく。

『あああぁぁぁぁ！　器の少女ッ‼　誰にも渡さぬ！　余の母となれェエエッ‼』

「お断りです！」

強く言いつつも、レムがたじろいだ。

ディアヴロの魔術も、シェラの魔弓も、自分の切り札の必殺技も、全てが通用しなかった。

――どうすれば、倒せるというのか？

そのとき、シルヴィがバルコニーの手摺《てす》りを叩いた。

「間に合ったよッ！」

右手を突き出し、ぐるぐる回す。

手摺りの一点を中心に、輝く魔術陣が広がった。

あれは、陣式魔術か。

「ゲルメド帝、老いも悪いもんじゃないよ？　な～んて、グラスウォーカーのボクが言っても説得力がないだろうけどね！」

『貴様⁉』

初めて、シャドウがレム以外に注意を向けた。

広がった魔術陣に、さらに指で線を引く。

何重にも。

シルヴィが両手を合わせた。


「黒三白二！　回って閉じるよ、《アルティメット・ボウル》ッ‼」


輝く球体が現れる。

それが覆ったのは――レムの身体《からだ》だった。

「なっ⁉」

「レムさん、ちょっとガマンしててね？」

「これは、いったい⁉　シルヴィ、敵を閉じこめるのではないのですか⁉」

焦った声をあげた。

シルヴィが肩をすくめる。

「ボクは支援魔術が専門だからねー。相手が高レベルだと抵抗《レジスト》されちゃうんだよ。でも、受け入れてくれる味方に対しては、やたら強い魔術が使える」

「……だから、わたしを閉じこめたのですか？」

「誰もレムさんには触れさせないから、安心してね？」

シャドウがレムに近づいてくる。

バチッ！と火花が散った。

相手の姿が弾《はじ》けて揺らぐ。すぐに元に戻ったが。

『余の邪魔をする者がいるだと⁉　このゲルメド皇帝の邪魔を⁉』

「当然でしょ」

ドヤ顔のシルヴィに、空気が震えるような怒声を浴びせる。

『余はゲルメド帝国皇帝！　三千大千世界《さんぜんだいせんせかい》を統べし現人神《あらひとがみ》なるぞ！　頭《ず》が高いッ‼』

「ひっ……ボクの魔術は時間稼ぎだ。あとは頼むよ、ディアヴロさん？」

彼女に視線を送られた。

ディアヴロはうなずきを返す。

飛翔《ひしょう》魔術で、バルコニーのすぐ近くへと飛んだ。

シャドウに言い放つ。

「世界を統べるだと？　この魔王を前に、よくぞ吼《ほ》えた！　そんな偉そうなヤツが、少女一人を追い回しおって……恥を知れ！」

渾身《こんしん》の魔王演技だ。

ところが、シャドウは反応しなかった。

ディアヴロのことを、チラッとも見ようとせず、シルヴィへ怒鳴り続ける。

『この世の理《ことわり》において、全ての者どもは余に服従し、余のために尽くし、余のために死するを喜びとせねばならぬのだッ!!　全ての者どもは余の慈悲により生かされていることに感謝せねばならないッ!!　崇《あが》めよ！　讃《たた》えよ！　賛美《さんび》せよッ!!』

愕然《がくぜん》となる。

完全に無視された。

この世界に来て、敵対した相手に無視されたことなど、初めてだった。

魔術が効いていないからだ。

弱いから無視された！

ディアヴロの胃の底で、怒りの感情が渦巻く。

しかし、すぐ心が冷えた。

無視されるなんて久しぶりだ。

けれども、慣れている。懐かしいほどに馴染《なじ》んだ感覚だった。

情けなくも馬鹿馬鹿しいことではあるが……

ディアヴロは無視されたことで昔を思い出し、冷徹な思考を取り戻した。


思わず、笑い声がこぼれる。

「くっ……くっくっ……当然。当然だよな……」

何をやっているのだ、自分は？

闇雲に高火力の魔術を連発するばかりで、何の工夫もなかった。いつから自分は、そんな単純パターンの無様な戦い方をするようになったのか？

最近、火力で押し切れるような相手とばかり戦っていたせいか？

ゲームで戦ったことのある敵ばかりだったから？

ちょっと工夫すれば勝てるような？

少なくとも、ここまで魔術が効かない敵とは、戦った覚えがなかった。

ディアヴロは過去に何度か、敵に言い放った。

〝ギリギリの戦いをしてきてないから弱い〟

この世界に来て、自分はどれほど強敵と戦ったのか？　苦戦した記憶はあるが、その頻度は、廃ゲーマー時代に比べれば、圧倒的に減っていた。

情けない。

鈍っていた。

ディアヴロは目が覚めたような気分だった。

「くっくっくっ……退屈させたな、ゲルメド帝……詫《わ》びとして、貴様には、真の魔王の力を教えてやろうッ！」

見向きもしない。

――まずは、こっちを向かせてやるッ!!

「《アイスエイジ》ッ!!」

水属性レベル130――範囲で凍結させ、わずかな時間だけ行動を止める。

『…………』

それがどうした、という顔をしていた。

魔杖《まじょう》の先端で、凍ったシャドウに触れる。

集中した。

ディアヴロは詠唱省略《オミット》にて、すぐさま次の魔術を唱える。

「《ナラク》ッ!!」

『ッ!?』

初めて、相手の意識がこちらへ向いた。

《アイスエイジ》の効果が切れ、ゲルメド帝の顔面が凍結から溶ける。

『貴様ッ!?』

「ふんっ……どれほどの大火力だろうと再生するなら、この世界から放逐してくれる。暗黒空間を漂うがいい！」

本当に暗黒空間とやらに行くのか、ディアヴロは知らなかった。そういう設定はあるもののの。

発生した小さな穴に、シャドウが吸い込まれていく。

魔術抵抗《レジスト》されなかったか。

敵が奇声をあげる。

『アガッ……貴様ァ！　貴様！　余はゲルメド帝なるぞ、不敬な！　不敬であるッ!!　グガアアァァァァァァ………………ッ!!』

叫びながら、穴へと落ちていった。

効果さえ発動すれば、あっけないものだ。

——倒せたのか？

手応えもなにも、敵は消え去った。

しかし、やはり圧迫感のようなものは残っている。

ディアヴロは上空を——魔導機城ヴィオウィグスを睨《にら》んだ。

†

また上空から、しゃがれた声が降ってくる。

『……なんという不遜《ふそん》……支配者たる余に……刃向かうとは……必ずや悔いるであろう』

また、しわくちゃの老人の顔が、空に浮かんでいた。

ディアヴロは口元を歪《ゆが》める。

「フッ！　往生際の悪い、何度でも倒してくれるぞッ！」

言い放ったものの、打つ手がなかった。

先ほどの人面蛇のようなアレは、本体ではなかったらしい。かなり苦労させられたのに相手は毛ほどもダメージを負った様子がなかった。召喚獣みたいなものだったのか。

ゲルメド帝が命じる。

『魔導機兵《マギマティックソル》どもよ、ヴィオウィグスに帰投せよ』

命令が、王都に広がった。

ガラガラッ、と建物の崩れる音があがる。

何だ⁉

ディアヴロたちだけでなく、周りの帝国兵までも動揺した。

自分たちのいる中庭から、いくらか離れた場所に、新たな魔導機兵《マギマティックソル》が出現する。建物の屋根を破壊して、飛び出してきた。

──まだ無傷なヤツがいるのかよ⁉

しかも、強そうだ。

金色の魔導機兵《マギマティックソル》だった。

アイラが声を引きつらせる。

「馬鹿な⁉　金のゴルディノスだと⁉」

一瞬その眼《め》が、こちらを見たが……金のゴルディノスと呼ばれた魔導機兵《マギマティックソル》は、すさまじい速度で、魔導機城ヴィオウィグスへと飛んでいった。

ディアヴロは表情を変えない。

けれども、内心では焦っていた。

他の魔導機兵《マギマティックソル》との交戦でも、けっこう苦戦させられたのに、それより明らかに強そうな敵がいるとは。

アイラが叫ぶ。

「バッキー、急げ！　トゥアハも降りろ！」

ちょうどそのとき、ギギギギギと金属のひしゃげる音があがった。

灰のラウムノスの爪が、緑のウィリデノスのハッチを強引に引きちぎる。

「間に合ったー!!」

「はぁ……はぁ……はぁ……はぁ……あ……」

ようやく、自分の身に起きていることに気付いた――という顔だった。

ラウムノスを飛び出したバッキーが、ウィリデノスの中から、サヤ――猫又の少女を引きずり出す。

サヤは華奢《きゃしゃ》で、まだ子供のように見えた。

ディアヴロは獣人について詳しくないから、外見から年齢はわからないが。

黄のエルレノスは――

操縦者トゥアハが、まだ魔導機兵《マギマティックソル》から降りていない。

『ハハハ……帰れ？　帰れって？　どうして？　ボクは、まだ戦い足りないよ。どいつもこいつも、すぐに戻れ、帰れ、休め……くだらない命令ばっかりだよ！』

アイラが声を震わせた。

「トゥアハ！　その中で陛下の命令に逆らうな！」

エルレノスが頭だけを捻《ひね》って、振り向く。

『うるさいよ、アイラ。もう《奴隷魔術》はない。ボクは誰の命令にも従わなくていい。好きなだけ戦える』

「魔導機兵《マギマティックソル》から降りるんだ、トゥアハ。そいつには……陛下の……」

『降りる⁉　これはボクだよ！　ボクそのものだ。ボクはアイラたちとは違う。外に出て休む必要なんかない……ここにいるのが、一番、落ち着くよ』

「おまえは勘違いしている！　ソレは陛下の意思に従うだけの怪物だぞ！　すぐに降りるんだ！」

アイラが必死に声を荒らげた。

再び、ゲルメド帝の声が降ってくる。

『魔導機兵《マギマティックソル》よ、城に帰投せよ』

しかし、トゥアハはもう誰にも従う気はないようだった。

『アアアッ！　うるさい！　うるさい！　ボクに命令するなぁぁぁぁぁッ‼』

『……出来損ないか』

『えっ？』

ゴリッ、とエルレノスの中から、異様な音がした。

咀嚼《そしゃく》する音だ。

ガリッ、ゴリッ、ジャリ……

『い、痛っ⁉ なんで⁉ ど、どうして、ボクが……ボクがエルレノスに……食べられてるんだよぉぉぉぉ⁉』

「くっ……‼」

アイラが奥歯を噛《か》んだ。

バッキーが何かを叫んで、その腕のなかでサヤが悲鳴をあげる。

「…………ッ‼」

「ひっ⁉」

中庭に、エルレノスの中のトゥアハの絶叫が響いた。

『うあああぁぁぁぁぁあああぁぁぁぁ！ 食べられる！ 食べられる！ 食べられてるよぉ！ なんで⁉ なんでぇぇぇ⁉ あ、あ、あぁぁぁぁぁ……』

声が小さくなる。

エルレノスが動かなくなった。

もう、トゥアハの声も、息づかいさえも、聞こえない。

――喰《く》われた⁉

操縦者が、魔導機兵《マギマティックソル》に喰われたのか⁉

喰われて死んだ！

手出しする間さえなく。

「ば、馬鹿な……どういうことだ？　アレは何なんだ⁉」

ディアヴロは背筋が震える。

魔王の演技さえ剝がれて、声をあげてしまった。

魔導機兵《マギマティックソル》は適合しなかった者を捕食するのだという。機械のような外見をしているが、中は触手の化物だった。

そもそも、その触手の化物の正体は、何だ⁉

アイラが声を絞り出す。

「ううう……アレは……魔導機兵《マギマティックソル》の中のアレは……」

「貴様、知っているのか⁉」

「……アレは……ゲルメド帝の身体の一部なのだ……と、ドリアダンプが言っていた」

「な、なんだと⁉」

ディアヴロは声をうわずらせた。

これまで、空に浮かぶ顔や声から、ゲルメド帝というのは人族《ひとぞく》で、巨大な帝国で権力を握った老人なのだと思っていた。

せいぜいが強力な魔術師なのだろう、と。

――魔導機兵《マギマティックソル》の中身が、皇帝の一部だって⁉　触手の化物が⁉

人族《ひとぞく》などと、とんでもない。

魔王よりも魔物ではないか！

自分は想像していたより、ずっと凶悪な存在と対峙《たいじ》していたらしい。

そのゲルメド帝が言う。

『余の前に……《器の少女》を……差し出すがよい。さすれば、汝らを許してやろう』

その身の一部で、トゥアハを喰っておきながら、何の言葉もないのか。

あまりに傲慢。

醜怪だった。

しかし、どう戦う？

ディアヴロは内心では苦悩していた。

相手は、おそらく巨大な城の中だ。脚のついた巨大な……いや、広大とさえ表現できる城の中にいる。

魔術で空に姿を投影しているが、あれを散らしたところで意味はあるまい。

あれほどの敵に、魔術で対抗できるのか？

しかし、放置すればゲルメド帝は手下を差し向けてきたり、魔導を使ってきたりして、またレムを狙ってくる。

ディアヴロは奥歯を噛みしめた。


――敵に怖《お》じ気《け》づいて、なにが魔王か⁉　演技は貫いてこその演技だッ‼

†

ディアヴロは《天魔の杖《つえ》》を魔導機城ヴィオウィグスへと向ける。

「ゲルメド帝よ！　我はディアヴロ、異世界から来た魔王だ！　我の許しもなく、この地へ踏みこんで好き放題にやってくれたな！　無礼に相応しい最期をくれてやる、覚悟するがいいッ！」

あの城まで、どれほど距離がある？

巨大すぎて目測に不安があった。

すぐ近くのようにも思えるし。まだ王都から離れているようにも見える。
——ちょっと遠すぎるか？
不安はありつつも、もう声はあげてしまった。
覚悟するがいい、と言い放って、魔術の一つも使わないのでは、格好が悪すぎる。
効果はともかく……
届けッ‼
「《グラキエスカノン》ッ‼」
氷の塊を飛ばした。
水属性の高レベルな魔術だ。
以前、リフェリア王の謁見の間で使ったときは、壁をぶち抜いて窓を増やしてやった。
果たして、ゲルメド帝国の城には、どうか？
ディアヴロは見つめる。
レムたちも、アイラたちも、他の帝国兵たちも氷の塊を目で追った。
ババッ、と城が輝く。
一瞬、光の球体が、魔導機城ヴィオウィグスを覆う。
《グラキエスカノン》が砕け散った。
後から、ドォン！　と轟音《ごうおん》が響いてくる。

ギリギリで届いた。

相手が巨大なだけに、時間はかかったものの命中はした。

しかし、城を覆った輝き。あれにディアヴロは見覚えがあった。

「……《魔除《まよ》けの結界》だと⁉」

おそらく、城塞都市ファルトラにあるものと同じだ。

魔物や魔術を遮断する結界だった。

仕組みは違うかもしれない。

ファルトラ市の城壁には結界を形作る塔がある。魔導機城ヴィオウィグスには、そんなものは見当たらなかった。

当然、ダメージはなかっただろう。

上空に浮かぶ老人は、表情ひとつ変えていなかった。

そもそも、あれだけ巨大な城に《グラキエスカノン》一発撃ったくらいで、何か変えられるとは思っていなかったが。

ぞわっ、とディアヴロは嫌な悪寒がした。

老人が言葉を繰り返す。

『……《器の少女》を……余の前へ』

ディアヴロは叫ぶ。

「くどい！　貴様の思い通りになどさせぬ！　この魔王ディアヴロが……ッ‼」
『……さすれば、汝たちを……許す……許してやる……最大限の慈悲を与えて……』
ざわっ、と帝国兵たちが指差す。
ルマキーナが叫ぶ。
「な、なにか……禍々《まがまが》しい感じが……‼」
魔導機城ヴィオウィグスの尖塔から、光球が上空へと打ち上げられた。
大主神官《だいしゅしんかん》のお告げに頼らずとも、ディアヴロとて直感している。アレはヤバイ。
しかし、魔術だとすれば……。
ディアヴロは左手の中指に視線を落とした。
《魔王の指輪》
あらゆる魔術を反射できる。
「こいつで……」
空に打ち上げられた光球が落ちてきた。
ここへではない？
少なくとも、その光は、王城の中庭には落ちてこなかった。もっと離れた場所へ――
王城の北？
やや東寄りか？

遠い。
おそらく光球は、王城のある中央地区ではなく、第一地区へ落ちる。
何かに似ている——とディアヴロは既視感を覚えた。
ゆっくりと落ちていく、小さな白い光球に。
見覚えがあった。
小さく見えるのは遠いからで、そこらの建物よりも大きな光の球だろうけれども……
ディアヴロは目を見開く。
「まさか……!?」
ゆっくり、光球が地面へと——
叫ぶ。
「見るな！　伏せろぉぉぉぉぉぉぉぉぉ…………………」
言い終わる前に、白い閃光《せんこう》が溢《あふ》れた。
世界を真っ白に塗り替える。そう思えるほど、白い。光が王都を包みこむ。
直後、轟音によってあらゆる音も掻《か》き消《け》された。
ディアヴロは知っている。

──《ホワイトノヴァ》

しかも、自分が使うような小規模なものではない。

元の球が数十倍。

いや、数百倍だった。

威力も効果範囲も大きいと思うべきか。

光球が落ちたのは、第一地区のあたりだった。ここまで、効果が及ぶか⁉　だとすれば、レムたちは⁉

手を伸ばす。

もう、自分たちは閃光に包まれている。

間に合うはずがない。

「レムッ！　シエラァァァァーッ‼」

叫んだが、轟音により、ディアヴロの声は誰に届くこともなかった。

光が、収まる。

閃光が空へと吸い込まれるように消えていく。

轟音も、止《や》んだ。

先ほどまでの、世界が真っ白く染められたような衝撃が、嘘《うそ》のように静かになる。

無事だ。

自分も……

周りも……

ディアヴロたちのいる、王城の中庭までは、魔導機城ヴィオウィグスの攻撃は届かなかった。

狙いが逸《そ》れた？

そうではない。

ここには、レム――《器の少女》がいる。

ここへ撃ちこむはずがない。ゲルメド帝はレムを欲しているのだから。

ディアヴロの額から、汗が伝い落ちた。

「はぁ……はぁ……はぁ……」

嫌な感じが、消えていない。

ルマキーナが自身の肩を抱きしめて、地面にうずくまっていた。彼女は何が起きたのか、もう理解しているのか。

ディアヴロは飛翔魔術を使った。

浮かび上がって、王城の壁よりも高くまで。光球の落ちたあたりを見る。

――第一地区がなくなっていた。

「うっ、おっ⁉」

総毛立つとは、このことを言うのか。

恐怖だ。

今までに感じたこともない恐怖に、ディアヴロは身体が震えた。

なくなっている。

円形に近い第一地区があった土地は、三日月形にえぐれ、運河の水が流れこんでいた。

わずかに残った土地も、建物は全て吹き飛んでいる。

人は？

第一地区は先日の戦闘で、一度はゲルメド帝国に占領された場所だ。その後、敵軍は撤退したが、教会側に戦線を押し戻すだけの余力はなかった。

ほとんど、残っていた者はいない。

そのはずだ。

もしかしたら、置き去りにされた負傷兵や隠れていた住民がいたかもしれないが……

全滅だ。

地面ごと消滅してしまっては、望みがない。

「ううぅ……あいつ……街を、丸ごと……消しやがった」

ディアヴロは見上げた。

しゃがれた老人の声が降ってくる。

『《器の少女》が、余の眼前に献上される……その時まで……日没のたびに……余は人の街を消し去ろう』

ディアヴロは生まれて初めて、敵を恐《こわ》いと思った。

第五章　勧誘されてみたり

　夜――

　ホルンは《深殿《しんでん》》の展望室にいた。

　手には聖杯。

　そこに、自分にしか見えない女神――ババロンが座っていた。

　彼女は手の平サイズの小ささで、奇妙な服装をしているが、その姿は他人に見えず、その声も周りには届かない。

　聖杯の持ち主であるホルンにしか。

「ハァ〜、めっちゃヤバイことになったっす」

『惜しかったじゃ〜ん？　帝国の司令官を殺せてたら、ちょいレベルアップしたかも？　かも？　トドメをディアヴロちゃんにィ持ってかれちゃった的な？　マジテンサゲー』

　ババロンは、よくわからない言葉遣いをする。なんとなく意味は取れるが……

　異世界の女神だと言っていたから、別世界の言葉なのか。

「たぶん、ダンナは……」

『うんうん、わかってんよー♪　ホルンちゃんに、人殺しになってほしくなかったワケ。

でも、なら戦場に連れてかないでよね～』

ホルンは頭を左右に振る。

「ウチに覚悟がなかったんす」

『きゃはは……それな！　どうしてトドメを刺さなかったのウケル～。ホルンちゃんみたいな子、アタシの持ち主的にハジメテなんですけどー』

「そうなんすか？」

『だってー、聖杯に処女の血を捧《ささ》げてまでレベルアップしたい人たちよ？　人殺しなんてサクサクよ？　躊躇《ちゅうちょ》とか、マジありえないし！』

「ううう……」

歴代の聖杯の所有者たちに比べて、自分は覚悟がない。

おそらく、実力もない。

この聖杯は、ディアヴロの宝物庫で、目についたから借りたものだった。

しかも、トイレ代わりに。

『んで、そのディアヴロちゃんは？』

「疲れたから寝る、って私室に戻ったっす……でも、たぶんショックを受けてて……あ、レムさんとシェラさんも」

ロゼはディアヴロと一緒だ。

展望室にいるのは、シルヴィだけ。彼女も疲労しているらしく、うたた寝をしていた。

ルマキーナと聖騎士や高位神官たちは、祈りの間に籠もっている。

《魔導機城ヴィオウィグス》の対策を練っているらしい。

しかし、どれほど相談しても無駄だと思う。

あんなものの対策などあるわけが……

『ホルンちゃん、ガチでシケた顔してんね？　カビ生えんよ？』

「マジでやばいんすよー……」

『違うし！　こんなときこそアゲてこッ⁉　アゲアゲじゃなきゃ損じゃない⁉』

「意味がわらないっす」

『レッツ、ミュージック♪　イェイ♪』

「えっ⁉　なんか音楽が……⁉　どういう仕掛けっすか⁉」

『ふふん！　アタシってば、これでも女神だし？　お気に入りのナンバーを流すくらいはフッーフッー』

ガンガンジャンジャンと音がホルンの頭の中で鳴り響く。

「なんすか、この変な曲⁉　騒音⁉　騒がしいっす！」

『……オイコラ、ホルンちゃん？　テメーなんつった⁉　変な曲ゥ？　これの良さがわかんないとか、耳の穴にウンコつまってんじゃないのー。あ、耳かきしてあげよっか、この短剣で♪』

小さいくせに、ババロンはなかなかの力持ちだ。

置いておいた短剣を両手で持ち上げた。

器用にも、鞘《さや》から引き抜く。

「そ、それ！　ウチが使った毒の短剣じゃないっすか⁉　マズイっす！」

『マジ《沈黙《サイレント》》させてやんよー⁉』

「ひぇ⁉」

カッ、と床を軍靴が叩《たた》いた。

気がつけば、目の前に聖騎士トリアがいる。

信仰厚く、ルマキーナに忠誠を誓う堅物の女性だ。

「なにを騒いでいる？　こんなときに」

「うっ……スミマセン」

『怒られてやんの、ひゃっひゃっひゃっ』

ババロンが腹を抱えて、のたうちまわった。

抜き身の短剣が、床に転がっている。

トリアが目を細めた。

「……気持ちはわかるが、自重することだ。君一人で太刀打ちできる相手とは思えない」

「え？　いやぁ……」

どう解釈されたのか？

少なくとも、ホルンは一人で太刀打ちしようとは思っていなかったが。

短剣を拾って、鞘に収め、しっかりバッグに入れた。

トリアが感心したように言う。

「ルマキーナ様から聞いたよ。敵の司令官ドリアダンプを仕留めたのは、ほとんど君の手柄だとか」

「えっ⁉　あ、いや、まぁ……そうとも言えるような……言えないような……」

「正直、私は君が突入班にいるのが、納得できなかった」

「あ……」

「まだ実力不足とはいえ、私は聖騎士だ。ルマキーナ様が行くのなら、私こそ護衛を務めるべきだと思っていた」

「……はい」

「しかし、君は結果を出した。私には無理だっただろう。毒が教会で禁じられていることもあるが……そういうことではなくて……君は弱い振りをしているが、本当は実力者なのだな。私は自分の不明を恥じるよ」

『キャハハハ！　ホルンちゃんは、ガチでヨワヨワよ～ん？』

「そっすね……あっ、いや！　ウチは実力なんて！」

ババロンの言葉は自分にしか届いていない。

彼女の横槍《チャチャ》に反応すると、おかしな返しをしてしまうことになる。気をつけなければ。

「先ほど、王城に残った帝国兵から、降伏するという連絡が入った」

「……え？」

「ゲルメド帝は、司令官を失った侵攻軍の兵たちを、無視しているらしい。まったく連絡が取れないそうだ」

「酷《ひど》いっす⁉」

「今は、兵団長アイラ・アルジャーナという者が、統率しているようだ。君は会っただろうか？」

「まぁ……顔くらいは見たっすけど……」

王都の中庭から去るとき、ビシッと背筋を伸ばして敬礼されたのを思い出す。

『一言、言われたじゃん？』

「……〝君は我らの恩人だ〟って言われたっす」

そうか、とトリアがうなずいた。

「同感だな。そのアイラ殿から、魔導機兵《マギマティックソル》の工房についての情報が入った」

「コウボウっすか？」

「アリシア・クリステラ殿の行方がわかった」

「マジっすか⁉」

あまりに大声を出したせいで、聖杯の縁に座っていたババロンが転げ落ちた。

声を抑えるよう、トリアに手で制される。

「《金のゴルディノス》という魔導機兵《マギマティックソル》に乗せられ、なんと適合者となったらしい。私は詳しく知らないが、かなり希有《けう》な才能の持ち主らしいな」

ホルンは顔をしかめる。

「才能とかは、よくわかんないっすけど……」

アレの中身は、ゲルメド帝の一部だという話だ。

逆らったら、喰《く》われる。

姿を見たこともなかったが、黄のエルレノス——操縦者トゥアハの最期の悲鳴が、まざまざと思い出された。

——アレの中にいるとすれば、それを助け出すのは絶望的では？

「そういえば、金色の魔導機兵《マギマティックソル》が《魔導機城ヴィオウィグス》に飛んでいったのを見たっす。あれが《金のゴルディノス》だったのかも」

「アリシア殿は、逆らえない状態にされている可能性が高いようだな」

「っすね」

実は、アリシアは魔王崇拝者で、このリフェリア王国を心底憎んでいた。

帝国に寝返った可能性もある。

とはいえ、今は彼女を信じるべきだろう。

レムを救ってくれたのも、また事実ではあるのだから。

ホルンは尋ねる。

「ウチを認めてくれたってのは、わかるんすけど……どうして、そんな情報まで、細かく教えてくれるんすか？」

聖騎士トリアが微妙な顔をした。

「ヴィオウィグスについて、ルマキーナ様や神官たちと協議したが……」

「はいっす」

「私たちには、なんの手立ても打ちようがない——という結論になった。祈る他はない」

「…………」

『ハハー、そんなの、くっちゃべる前から、わかってたことじゃね⁉︎』

指差して笑うババロンに、ホルンは聖杯を逆さにして被《かぶ》せた。

『〜〜〜ッ⁉︎』

ホルンは考えた。

教会兵には、あれに対抗できる力はない。

その結論から、ホルンに情報を細かく語る理由は——

一つしかなかった。

「……ディアヴロさんに頼る、ってことっすか」

「そうだ。情けない話だが……もう聖騎士長にすがるしか……少なくとも、ルマキーナ様はレムさんを差し出す気はないようだ」

「当たり前っす‼」

「心配するな、皆も同じ意見だ。そもそも、ろくに対話もないうちから、街一つ消し飛ばして脅してくるような……そんな相手が、本当に約束を守るのか？」

「信用できないっす！」

「ゲルメド帝国に征服された国々の民衆たちは、惨《むご》い扱いを受けているらしい。ルマキーナ様の安全も保証されまい。帝国に降伏するのは絶対に避けねばならない」

いつの間にか、ババロンが逆さに伏せた聖杯の上で、だらんと寝そべっていた。

『逆らう者は殺す。従う者は、じわじわ殺す。そーいうヤツよー割と』

ホルンはうなずいた。

「ディアヴロさんに伝えてみるっす」

「頼む」

しかし、彼とて、何ができるかわからないが……

ホルンは見ていた。

ディアヴロの魔術が結界で弾《はじ》かれるのを。あれは、ファルトラ市にあった結界と同じものだ。

ゲルメド帝の放った攻撃は、おそらく魔術だった。

見たこともない威力。

魔術の基礎を学んだからこそ、《魔導機城ヴィオウィグス》の非常識な強さが理解できる。

「きっと、ディアヴロさんなら大丈夫っすよ！」

ホルンは自分に言い聞かせるように、そう口にするのだった。

†

王城セヴンウォールから、やや離れた森の中――

真夜中の森は、いつもなら鳥や虫の声で賑《にぎ》やかなものだ。

しかし、今は静まりかえっている。

この一帯に漂う圧迫感に、森の木々でさえも息を潜めているかのようだった。

その木々の合間に――

隠れている。

宰相ノア・ギブンが率いる王宮騎士団の面々だった。

リフェリア王が戦死し、王城まで陥落した今、王宮騎士団などというものが、まだ存在を認められるのかは、議論の余地があるところだが。

ノアは望遠鏡から目を離す。

「どうやら、第一地区は、吹き飛んだな」

ぴゅー、と口笛を吹いたのは、ドワーフの少年アレンだ。白金の髪を逆立てた頭を、ポカッと叩いたのが、王宮騎士団の団長マキシマム・エイブラムスである。

「隠密《おんみつ》行動中だぞ」

「んだよ、こーんな離れてて見つかるかって！　団長、こんなとこで隠れてないで、ドワーっと攻めこもうぜ。オレたちでゲルメド帝国を倒すんだろ？」

マキシマムが額に指をやる。

最近、頭痛を感じていることが多いらしい。

奇遇なことに、ノアも同じだった。

「……アレン？　騒ぐのなら馬車に入っているといい」

「偵察なら、オレが突っ込んでいって、一暴れしてきてやろうか？」

この調子だと、本当に行きかねないか。

ノアはため息をついた。

マキシマムが拳を握りしめる。

二度目の鉄拳制裁が発動しそうだったが、ノアは片手を挙げて制した。

「……仕方ない。もう何日も見ているだけだからな。そろそろ皆にも説明しておこう」

他の者たちも集めて、ノアは森のなかで車座になって座った。

ノアは今は黒い服を着ていた。

胸元の開いた、女性だと一目でわかる格好だ。

べつに夜会服というわけではなく、魔術で強化された魔術師のための装備だった。

無防備に見えるが、結界による加護は全身板金鎧《フルプレートメイル》にも勝る。

以前は、リフェリア王国の公爵として、将軍として、身分に合わせた衣装を纏《まと》っていたが、もう地位や肩書きを使う気はなかった。

ノアは仲間たちの顔を見回して、口を開く。

「……私の見立ては、半分だけ当たって、半分は外れだった。当たったのは、ゲルメド帝国がリフェリア王国を壊滅させるであろう、ということだ」

「ものの見事に粉砕されましたな」

団長マキシマムがうなずいた。

人間《ヒューマン》で黒縁メガネに七三分けという研究者のような顔が、筋肉の塊の上に乗っている。今は、指導者であるノアが同行しているので、サブリーダーの役割に徹していた。

その隣――

白金髪のドワーフがアレンだ。

かつての勇者と同じ名前だが、同一人物ではない。血縁でもないだろう。勇者にあやかってアレンと名付ける親は多かった。

まだ少年だが、実力のほうは〝先代の再来〟と思えるほど。王宮騎士団の面々は、彼が一対一で負けたところを見たことがない。

「オレが全力で戦ってたら、魔導機兵《マギマティックソル》には負けなかったぜ⁉」

「馬鹿ねー。アレンはよくても、私たちは無理よ。ディアヴロとかいう角の生えた混魔族《ディーマン》の戦いを見たでしょ？」

心底馬鹿にするような口調で言ったのは、混魔族《ディーマン》の少女だった。外見は人間《ヒューマン》に似ているが、顔や身体《からだ》に刺青のような痣《あざ》がある。

魔銃使い《マギガンナー》で、名はデイジー。

ノアの熱心な信奉者で、たびたびアレンと衝突していた。

いつものように、アレンが言い返す。

「あいつが弱いんじゃねえの？」

「やっぱ馬鹿ねー。魔術陣の用意もなしに《ライトニングストーム》を撃ったのよ⁉　どんなレベルの元素魔術師だと思うわけ？」

「魔術なんて知らねえし」

「覚えなさいよ！　あんた、魔術戦士でしょ⁉　勇者なんでしょ⁉」

「いいんだよ。なんかバッとやったら、ズドンと出るんだから」

「馬鹿勇者ッ‼」

まあまあ――と豹人族《ひょうじんぞく》の女性が宥《なだ》める。

彼女は長身で、とても引き締まった体つきをしていた。

槍使《ランサー》いだ。

傍らに、身長の三倍にもなる槍《やり》が突き立ててあった。

豹人族《ひょうじんぞく》は伝統的に短くてシンプルな名前を好んでいる。彼女はチョビといった。特別な家系ではないので、苗字《みょうじ》はなかった。

「アレンは、魔術のことを知らなくても充分に強いから、いいじゃありませんか」

「またチョビは馬鹿を甘やかすー」

デイジーが頬を膨らませた。

彼女たちに付き合っていると一向に話が進まない――それを知っているから、エルフの青年が先を促してきた。

真っ赤なロングコートに、漆黒の長剣を提げている。

自称《不死身のタナトス》である。

「ノア、外れた半分というのは？」

「ゲルメド帝国が強すぎた。まさか、こんなにも早く王城が落ちるとはな。そのうえ、あの魔導機城が……」

「やっぱ、戦ってれば！　もがが……⁉」

アレンが割りこんできた。

彼の口元を、デイジーが両手で塞ぐ。

「あんたね⁉　ノア様の言葉を遮るなんて！　いい加減にしないと、その口に魔弾を撃ちこむわよ⁉」

大騒ぎだ。

だいぶ敵から離れているとはいえ、一応は隠密行動中なんだが……と思いつつ、ノアは言葉を続ける。

「誤算といえば、こっちのほうが大きいな。私はゲルメド皇帝が早々に老衰で亡くなるか、力を失うだろうと読んでいた」

マキシマムが情報を補足する。

「かなりの高齢だそうですな。百歳を軽く越える」

「エルフでなければ、寿命は近いはずだった。ところが、皇帝は《器の少女》を捜している。大誤算だよ」

「ソレは何なのでしょうか？」

マキシマムの問いに、別の者が答える。

箱馬車の屋根に腰掛け、足をぷらぷらさせつつ話すのは、グラスウォーカーの少女だった。

白いウサミミを今は大きめの帽子で隠している。身体もローブで隠しているので、まるで人間《ヒューマン》の子供のようにも見えた。

名をウッタタという。名前に同じ音が入るのがグラスウォーカーの古い伝統だ。

「《器の少女》ってのはさー、要するに若返りの秘薬なワケ」

「若返りだと……？」

「厳密には、生まれ直しカナー。人は無垢《むく》な小さな魂で生まれ、穢《けが》れを知って魂は大きく重くなる。普通は天界で浄化され、記憶も何もかもなくして小さく軽い魂に戻って、また誰かの子になるワケよ」

「珍しいな、ウッタタが宗教の話とは」

「教会が自分らに都合よく教えてるケド、こいつは魔術の世界でもジョーシキなんだよ。

たぶん《器の少女》は、重くて大きい魂のまま宿すことができるんだろー。スゲー」

ふむふむ、とマキシマムが腕組みした。

彼は魔術師ではないが、理解は早い。

「つまり、ゲルメド皇帝は《器の少女》を使って、生まれ直そう——というわけですかな？」

そうみたいねぇ——と女性らしい口調で言いつつ、馬車から降りてきたのは、大男だった。

元聖騎士の屈強な召喚術士ゲイバルトだ。

今は王宮騎士団のメンバーとして活躍している。

先日、大怪我《おおけが》を負ったが、魔術による治癒と休息を経て、今は戦線に復帰していた。

「戦場を探らせていた召喚獣が、皇帝の言葉を聞いたわ？　〝余を孕《はら》み、余を産み落とし、余に新たな生を授けるがよい〟ですって。嘘《うそ》を言ってなけりゃ、ウッタタの推測どおりだと思うわよ？」

うむ、とノアは話を引き取る。

「皇帝の老衰を待つのは、得策とは言えなくなった」

仲間たちがうなずく。

マキシマム、アレン、デイジー、チョビ、タナトス、ウッタタ、ゲイバルト。これが今のメンバーだった。

他にも王宮騎士はいるが、この有事に際して、あえて召集していない。

地竜の引く馬車――竜車は大型とはいえ八名が限界だったし。

大所帯になって、動きが鈍くなるのをノアは忌避した。

戦力は多いほうがいい。

しかし、勝機を逃して勝利なし。

増えれば鈍る。

機を逸するほどの大勢よりも、絞りに絞った少数精鋭が、次々と状況の変化するときには適している、とノアは判断していた。


ウッタタが鼻を鳴らす。

「それにしても、ゲルメド皇帝って薄気味悪い野郎だよナー」

タナトスが首肯した。

「まぁ、皇帝の願望は共感できるものだがな」

その言葉に、メンバーたち――とくに女性陣から、冷たい視線が飛んだ。

デイジーが吐き捨てる。

「あっちいけ」

タナトスが慌てて釈明した。

「ま、待て！　俺を孕めという話ではないぞ⁉　若返りたいという願望のほうだ！」

冷たい態度は変わらなかったが。

「ふーん？　まぁ、そういうことにしとくけど……こっち見ないでね」

「くっ……」

チョビが困ったような顔をする。

「まあまあ……私も、タナトスを産みたくはないですけど」

「俺だって、産んで欲しいとは思ってない！」

アレンが笑う。

「ゲラゲラ！　タナトス、変態だな！」

「貴様は話を理解もしていないだろう⁉　イチから説明してみろ！」

「えっと……ゲルメド皇帝をぶっ倒してＯＫ！」

「できるなら苦労はない！」

タナトスが吼《ほ》えた、その瞬間――

アレンの顔つきが変わった。

殺気を放ち、腰に提げた剣を抜く。

その場の全員が、タナトスが殺される――と思ったくらいだ。

アレンが森の中へと剣を向けた。

「何だ、おまえ⁉」

†

森の奥から、緊張した様子もなく歩いてくる。

あまりに普通の歩調なので、この近くに村でもあって、その村人か？　と思ってしまったほどだ。

子供だった。

角があり、薄い色の髪は足元まで伸び、尻尾が生えている。

「マオーはマオーなのだ」

クルムだった。

その後ろには、地竜を連れたエデルガルトもいた。

――魔族⁉

ノアたちは一斉に立ち上がった。

マキシマムが前に出る。

「まさか、このような場所で、魔族とは……‼」

「手ェ出すなよ、マキシマム！　オレが戦《や》る、ずっと溜《た》まってたからな！」

クルムは左右に手を振った。

「そう殺気を出すな。コウテーに気付かれるのだ」

「魔族が何を言ってる？」

「ふんっ……頭の悪いヤツめ。マオーはマオーだと言っている。こう言えばわかるか？わが名はクレブスクルムであるのだ！」

ノアたちの警戒レベルが跳ね上がった。

マキシマムが後ずさる。

「最強の魔王クレブスクルムだと……馬鹿な⁉」

ウッタタがうめく。

「ありえナイ……ありえナイけど、魔族は絶対に魔王を騙《かた》ったりしナイ。つまり、人族《ひとぞく》が化けてるんでもなければ……本物⁉」

「マオーは正真正銘の本物なのだ。この力を見せてやってもよいのだが……うーん、見せたら間違いなく気付かれてしまうからなー」

マキシマムが首を横に振った。

「必要ない」

「そうなのか？」

「こうして対峙《たいじ》していれば、実力の程度は知れるものだ。すくなくとも、正体を騙る魔族というレベルではない」

「うむうむ。わかるヤツがいるではないか」

「まさか、こんなタイミングで、魔王が復活してしまうとは……」

クルムが肩をすくめた。

「マオーは、今復活したわけではないのだが、まぁよい――そんなことより、話を聞け」

「ま、魔王が……話……だと？」

人族《ひとぞく》にとって、魔王というのは破壊と殺戮《さつりく》の象徴だった。

魔王は人族《ひとぞく》を殺す。

それだけの存在のはずだ。

こうして話しているだけでも、歴史が塗り変わるほどの異常事態だと思われた。

アレンが首をかしげる。

「なんだよ？　こいつ、めちゃくちゃ強そうだけど……殺気がないな？　本当に魔王なのか？」

マキシマムは、彼が飛びかからないように片手で制する必要があった。魔王を警戒しつつ味方にも注意を配るのは、難儀だ。

「自重しろ、アレン。その〝めちゃくちゃ強そう〟の桁が違う。底が見えない」

「でもよー？」

「おまえの言いたいことは理解できる。魔王から〝話を聞け〟と言われた人族《ひとぞく》など、我々が最初に違いない」

エデルガルトが首をかしげる。

「ん？」

ファルトラ市では、日常的に見られた光景だった。

†

クルムから見て——

王宮騎士団の者たちは、なかなかの実力者揃《ぞろ》いだった。

有望だ。

是が非でも、話をまとめる必要があった。

多少の危険は冒しても。

クルムはさらに足を進めると、ノアたちの近くに座った。

背後にエデルガルトが立つ。彼女は槍を持っていたが、地面に置いて、敵意がないことを示した。

クルムは問う。

「なんじゃ、座らないのか？」

最初に動いたのは、ノアだった。

「……実に面白いです。魔王から対話を求められるとは……こんな経験をするとは思っていませんでした」

正直、ノアは手詰まりになっていたところだった。

状況を打開する一手が必要だ。

「むぅ……」

マキシマムが渋い顔をして、ノアの横に立つ。警戒の色を薄めていなかった。

他の者たちは、今にも斬りかかってきそうな雰囲気だ。

クルムは気にしなかった。人族《ひとぞく》から殺意を向けられることには、慣れているから。

ノアが口を開く。

「よかったら、最初に教えていただきたい。なぜ、私たちが隠れていることに気付いたのです？」

「キサマらが気配を絶とうとも、地竜は魔獣だ。マオーにとっては自分の手足のように、存在を感じ取れる。もしも、マオーから隠れるときは、連れ歩かぬことだな」

「なんと……ご忠告、感謝いたします」

王宮騎士団の面々は、そんなこともあるのか——くらいの顔をしていたが、ウッタタだけは目玉が落ちそうなほど目を見開いて驚いていた。

「ナンテコッタ！　ナンテコッタ！　おおぉう、魔協虹勲章《マギアレインボー》モノのすっごい情報じゃナイの⁉」

「静かにしましょう」

チョビに捕まり、先ほどのアレンと同じように口元を手で塞がれる。

「もがもが……‼」

身長差が倍以上あるので、大人と子供のようだった。

ノアは話を進める。

「次は、私たちが質問に答えましょう。まぁ、正直に答えるかは、質問によりますが」

「キサマらの話は聞こえたのだ。ゲルメド帝を倒す気はあるようだな？」

「もちろんです。私はリフェリア王国の民を愛しているし、平和な国を作りたいと願っていますから」

「うむうむ、よし」

「次は私から――なぜ、魔王が皇帝と戦うことを考えるのですか？　魔王とは人族《ひとぞく》を殺す者……人族《ひとぞく》同士の戦争には、興味がなかろうと思うのですが」

この問いには、エデルガルトが何度もうなずいた。

魔族の感覚だと、やはり人族《ひとぞく》の戦争には関心を持てないようだ。

クルムは頰を掻《か》く。

「んー。まぁ、興味はないのだが……あのコウテーは、ビスケットの美味《おい》しい街を作らぬであろうからな」

「ビスケット？」

「なにより、ディアヴロと約束したのだ。街を守らねばならん」

ノアが顔色を変えた。

「ディアヴロ⁉ まさか……角の生えた混魔族《ディーマン》ですか⁉」

「うむ。マオーの主《あるじ》なのだ」

クルムは鉄の首輪をくいくい、とつまんだ。

この情報には、王宮騎士たち全員が騒然となる。

ノアが腰を浮かせた。

「そ、それは《奴隷の首輪》なのですか⁉ 魔王を奴隷に⁉ あの者は、本当に本物の魔王だったのですか⁉」

「いや？ いつもそんなことを言っているが、あれは人族《ひとぞく》であろ？ 中身までは、よくわからんが」

その言葉に、ノアが思案する。

「……そんな馬鹿な……だとすれば、やはり……彼も同じなのかもしれない……薄々、そうじゃないかとは……しかし、あの言動は、なぜ？」

「むむ？　そういえば、キサマも、ちょっと変なニオイがするのだな」

「ニオイ……ですか？」

ノアが自身の袖を鼻に近づけ、すんすんと嗅いでみる。

「……ちょっと汗臭いですか？　ここ数日、水浴びすらしていませんから。浄化の魔術は使っていますが」

「そーゆーのとはチガウのだ」

「でしょうね」

クルムは腰をあげる。

「キサマら、マオーの配下にしてやろうなのだ！　ゲルメド帝をぶっ倒すのだ！」

「お断りです」

「なんだとー⁉」

「リフェリア王が崩御し、その仇討《あだう》ちとなる戦……その軍を率いる者は、次の国家の王となるでしょう。それが魔王では、民草は救われない」

クルムは眉をひそめる。

「んー……キサマの言うことは難しすぎる。敵は倒す——それではダメなのか？」

「ダメです。次の王を決めるのは、とても重要なことです。もしも、手を組む必要があるとすれば――魔王よ、貴女《あなた》が私の配下に加わるのが条件です」

ノアは自分の心臓が、鼓動を加速させるのを感じた。

堂々と言い放ったものの、背筋を冷や汗がつたう。

周りにも緊張が走った。

マキシマムが、ごくりと喉を鳴らす。

「ノア様……それは、あまりにも……」

エデルガルトが殺気を放った。

「魔王様……に～配下になれ、だと？　そう言ったか……人族《ひとぞく》が……ッ!?」

彼女の殺気に反応し、アレンとタナトスが剣を抜く。

「やっぱ戦《や》るんじゃねえか！」

「所詮は魔物……人族《ひとぞく》と相容《あいい》れるはずもなし。これが世界《ガイア》の選択か」

双方、武器を構えて睨《にら》み合《あ》う。

クルムはノアだけを見つめていた。

「キサマ……ビスケットは好きか？」

「……ビスケット……ですか？　それは、あの普通の焼き菓子のことでいいのでしょうか。ずいぶんと唐突ですね……まぁ、嫌いではありませんが……私はアップルタルトのほうが好きです」

「むむっ⁉　あっぷるたると⁉　なんなのだ、それは⁉」

「私の故郷の甘味です。王城の料理人であれば、一流のものが作れるのですが……今は、彼らの無事を祈るしか……」

クルムは決断した。

「よし！　配下に、なるのだー‼」

「……え？」

「そうすれば、一緒にコウテーをぶっ倒すのであろ？　あっぷるたるとも、作らせるのだー‼」

ノアは状況を理解するのに、しばらく時間が必要だった。

言葉を反芻《はんすう》する。

「……配下に？　私の？　魔王が？」

「なんじゃ、キサマが言い出したのだぞ？　まさか戦わずに逃げるなどと言うまいな」

「と、とんでもない！」

ゲルメド帝国は《器の少女》を捜している。

ディアヴロが、そう簡単に渡すとは思えないが……もしも、手に入れられてしまったら、あの超常の大魔導師が若返ってしまう可能性があった。

どれほど力を取り戻すかは未知数だ。
少なくとも、弱くなることはないだろう。
そして、間違いなく百年以上は生きるに違いなかった。
——戦わねばならない。
ゲイバルトの偵察によれば、ゲルメド帝国は司令官を失って侵攻軍は瓦解している。
魔導機兵《マギマティックソル》も大半を失った。
好機だ。
「今を逃して、勝利はないでしょう」
「よし！　今すぐ行くのだ！」
クルムが歩き出す。
ノアは思わず、肩に手を置いた。
「ま、待ちなさい！　行動は私が決定します！」
子供のような振る舞いに、つい手を伸ばしてしまったが……
我ながら、迂闊《うかつ》だったと身震いする。
自分から魔王に触れるとは。
クルムが頭を掻いた。

「そうかそうか……配下だから、そういうものだったな。命令を待たなければ」

受け入れている。

ホッ、とノアは安堵《あんど》した。

「……心得てください」

「うむうむ！　よし、命令するがよい！　まずはディアヴロを捜すのだ！　あやつが居なくては、コウテーに勝てぬからな！」

——却下。

その言葉が、ノアの喉まで出かかるが、呑《の》みこんだ。

たしかに、ディアヴロの強さは人智《じんち》を超えている。

戦力になるだろう、協力できれば。

「懸念があります……彼は対話ができるような人物とは思えませんでした。何を考えているのか、わかりません」

クルムは人差し指を立てる。

「うむ！　おかしなヤツなのだ！」

「そうでしょう」

「王とも勇者とも讃《たた》えられぬ者が、ただ人族《ひとぞく》を守るだけの為《ため》に魔王と戦ったのだ。そいつが、おかしなヤツでなくて何者であろうか？」

ノアは検討する。

ディアヴロの動向について、密偵《シノビ》から報告は受けていた。噂《うわさ》程度の不確かなものも含めれば、彼は幾度となく人族《ひとぞく》を救っている。

噂が本当ならば、勇者と讃えられてもおかしくない。

それだけに、戦果を誇らないディアヴロのことが信用しきれなかった。

「なぜ、力を誇示しながら、功績は隠すのでしょうか？　私には理解できません」

「さてな？　本人に聞いてみればよいではないか」

「むむむ……」

「さて一番の問題は、ディアヴロがどこに居るかなのだ。この地から気配は感じるのだが街が大きすぎる。もっと小さくていいのではないか？」

ノアは計算する。

自分たちに魔王まで加わったなら、充分にゲルメド帝国に勝てるのではないか？　果たして、ディアヴロは必要だろうか？

どれほど強かろうと、制御できない手駒に価値はない。

むしろ危険でさえある。

――しかし、拒否すればクレブスクルムは、ディアヴロを捜しに離れてしまうかもしれない。

せっかくの新戦力だ。状況を打開しうる鍵だ。手放すのは惜しかった。

ノアは、背後に控えているゲイバルトに確認する。

「ディアヴロは、大教会堂にいるのだな？」

「ええ、間違いないわよ。深殿にも出入りしているみたい。ルマキーナのお気に入りだから当然ね」

クルムが反応する。

「おおっ、キサマはディアヴロの居所を知っておるのか⁉」

「ふふ……もちろんよぉ？　アタシの可愛《かわい》い召喚獣《シークレットグラホ》ちゃんが、ばっちり追跡してるわぁ」

「えらいのだ！　褒めてやるのだ！」

「ありがと」

――会うくらいはしてみるか、とノアは方針を決めた。

どのみち、ここで望遠鏡を覗《のぞ》いていても、事態は好転しないだろう。

ノアはマキシマムに指示を出す。

「夜のうちに北側の森へ回りこむ。そこに竜車は置いておき、徒歩で《隠密》を使いつつ、北門へと向かう」

「信用するのですか？　魔王を」

「見極める。お前たちは、私を信じろ」

マキシマムは一礼し、竜車に乗りこむのだった。

†

《深殿》――

ディアヴロは私室にいた。

ロゼは急速充電を求めてきたが、ここは聖なる場所だ。さすがに、マズイと思って、止めておいた。急速充電をすると、性なる場所になってしまう。

近くにいるだけでも、少しずつ充電されるようだし。

ロゼは部屋の壁際に立っている。

「マスター、このロゼはスリープモードに入ります。ご用がありましたら、お声かけください」

「うむ……俺も寝る」

「おやすみなさいませ、マスター」

「ああ」

ディアヴロはベッドに寝転んだ。左右にレムとシェラが寝る。宿屋《安心亭》のベッドより狭いせいで、より密着度が高めだった。

今更、そんなことで動揺しないが……

動揺しない。

もう慣れた。

そう思っていたが、無理だった。

レムとシェラの身体に、手が触れているだけで、心拍数が上がってしまう。

疲労感はあるものの、眠気は吹き飛んでいた。

「…………」

「……眠らないのですか？」

問いかけてきたのは、久しぶりにベッドを共にしているレムだった。

逆側から、シェラも声をかけてくる。

「眠くないの、ディアヴロ？」

「うむ、今後のことを考えていた」

嘘だったが、気になっているのは事実だった。

《深殿》では男女同衾《どうきん》を禁じられている。夫婦といえども一緒に寝ることは不浄だとして許されていない。

しかし、レムはゲルメド皇帝に狙われている。

シェラはグリーンウッド王国にとって欠くべからざるエルフ王家の唯一にして正当なる後継者だった。

だから、これは同衾ではなく、護衛だ。

一緒に寝ているのではなく、ここはレムとシェラの寝室で、ディアヴロは護衛しているという名目だった。

思いっきり、一緒に横になっているわけだが。

レムが密着するほど身を寄せてきて、耳元でささやいた。

「……また、わたしのせいで、ディアヴロに苦労をかけてしまいますね」

吐息がくすぐったい。

ふにゃっとなりそうな表情を引き締めた。

「フンッ！　貴様は望んで《器の少女》とやらになったのか？　アレに求められているのは本意なのか？」

「とんでもありません」

「ならば、気に病む必要が、どこにある？」

「……ディアヴロ。あなたは本当に、やさしい人ですね」

「んがっ⁉　ば、ばかを言うな！　我は魔王だぞ⁉　やさしいわけがあるか！」

声を荒らげたものの、レムは儚《はかな》げに微笑《ほほえ》むばかりだった。

シェラが、ディアヴロにのしかかるようにして、身を乗り出してくる。

「レムは悪くないよ！」

自分の胸板の上に、エルフらしからぬ大きすぎるふたつのふくらみがのっかってきて、ディアヴロは緊張のあまり息さえ止まりかけた。

「うご……」

レムが顔をしかめる。

「……わかったから、その余分な脂肪の塊をディアヴロの上からどかしなさい。今すぐ」

「うー。あるものは仕方ないんだよ」

「……くっ」

「あたしは、レムのことが大切。だから、何が来たって戦うよ？」

「……あなたは自分の身を守ることを考えるべきです。べつに、わたしは大丈夫です。ディアヴロがいますから」

「ぬあー!?」

「……ですが……まぁ、あなたが、わたしを大切に想《おも》ってくれていることには、感謝していますよ」

相変わらず、素直ではないレムだった。

シェラが顔を赤く染める。

飛びこむようにして、抱きついた。

「レムー‼」

「ふわあっ⁉　ちょっ……なにを考えてますか、あなたは⁉」

「レムレムレム大好きー‼」

ディアヴロの身体のうえで、シェラがレムに抱きついて、ふたりが自分の上でくんずほぐれつで。

あわわわ……

レムがシェラを押して、剥がした。

「離れなさい！」

「んむぅー」

「……よく聞きなさい」

「う、うん？」

ようやく、二人が居住まいを正す。

寝転がっているディアヴロを挟んでだ。

「……シェラ。ゲルメド皇帝は、かつてないほどの脅威です。大魔王を超えるかもしれません」

「そんなに？」

「……少なくとも、大魔王にはディアヴロの魔術が効いていました」

やはり、レムは気付いていたようだ。

「効いてなかったの？　蛇みたいのは倒したじゃん？」

「……あれは、召喚獣のようなものです。ゲルメド帝国の城は、あまりに巨大で、しかも魔術を防ぐ結界があるようです」

「あ、ファルトラ市にあるような？」

「ええ……そのうえ、攻撃はあの威力です。シェラも見ましたね？」

「うーん……見たっていうか、真っ白になって、ビヤーッて大きな音がして、よくわかんなかったよ」

「……そうですね」

相手の攻撃の規模が大きすぎて、彼女には理解の外だったらしい。

ディアヴロは飛翔《ひしょう》魔術で上から見たから知っている。レムは魔術師としてのレベルが高いから推測できた。

魔術で街一つ吹き飛ぶなんて、想像もつかなくて当然だった。

あれが魔術だったのかどうかさえ、確証はなかったが。

シェラが不安げに尋ねる。

「そんなスゴイのに、レムは狙われてるんだよね？」

「……そういうことになりますね」

「恐《こわ》くない？」

「……もちろん、恐いです。しかし、戦います。未熟は承知の上ですが、座して敗北を待つなど、あり得ません」

レムの声は、わずかに震えていた。

本当に恐ろしいのだろう。

しかし、戦うと言う。

抗《あらが》うと断言した。

——強いな。

ディアヴロは驚きと同時に、まだ自分の覚悟が足りなかったことを知る。

どれほど絶望的な相手であっても、レムの意志は折れない。

彼女は、たった一人で魔王の魂を滅ぼそうと冒険者になったのだ。どれほど敵が巨大だろうと臆さないのだろう。

それに比べたら、ディアヴロは戦う力を持っている。気概で負けていられない。

シェラが手を伸ばし、レムの手に重ねた。

「あたしも戦う」

「……シェラ、あなたはエルフの王族で、その身は一国を背負っているのです。もっと自覚を持たなくては」

「わかってるよ！　ここでゲルメド帝国に負けたら、グリーンウッド王国にだって、そのうち攻めて来ちゃうでしょ？」

「……うっ、それは……たしかに」

レムが言《い》い淀《よど》んだ。

シェラが困ったような顔をする。

「あたしだって恐いけど、自分だけ逃げても意味がないって思うんだ。レムと一緒に戦うよ」

「……あなたにしては、よく考えたうえでの決断みたいですね」

「えへへ……でしょ！」

「……褒めてはいませんよ」

「あれ？」

――戦う決意。

意志を固めたのは、ディアヴロも同じだった。

絶対にレムを渡したりはしない。

そして、シェラのことも絶対に守る。

なんとしても、ゲルメド帝を倒さなくてはならない。

ディアヴロの頭から、恐怖心や不安感が消えた。思考が戦闘へと研ぎ澄まされていく。
——どう戦う？　どう倒す？
状況を打開するために、何か楔《くさび》が必要だった。

†

夜中に私室のドアが叩かれる。
余程の事態であることは、使者の言葉を聞かずともわかった。
ディアヴロたちは呼び立てられる。レム、シェラが後に続いた。
損傷しているロゼは睡眠《スリープ》させておく。

《光の祈りの間》——
王城の謁見の間のような場所だった。違うのは、内装が質素で、柱が多いことだ。
おそらく、ここを手本として、謁見の間が作られたのだろう。
一番奥に大主神官《だいしゅしんかん》の椅子があった。
ルマキーナが座っている。
「夜分遅くに、申し訳ありません、ディアヴロ様」

「緊急事態につき、ご容赦ください」

右に聖騎士トリアが立っていた。

左側にはシルヴィがいる。

緊張した面持ちだ。珍しいことである。その理由が、今回の客人にあるのは明白だった。

ディアヴロは彼らに見覚えがあった。

王都を初めて訪ねたとき、少しだけ見かけた。一部の者とは言葉も交わしている。

──王宮騎士団⁉

軍が敗走してリフェリア王が死んだと聞いたから、てっきり一緒に戦死したかと思っていたが、戦った様子もなかった。

先頭にいる、黒色のドレス姿の女性が、じろりと睨んでくる。

「角の生えた混魔族《ディーマン》……」

あまりに雰囲気が違うので、一瞬誰かわからなかった。

先にレムが気付く。

「……あなた、ノア宰相ですか⁉」

「ええ、そうです。お久しぶりですね、レム・グリーンウッド王妃。シェラ王妃も」

黒ドレスの女性が言った。

ディアヴロは目を丸くする。

リフェリア王に謁見したとき、王の隣にいた、中性的な美形の大臣のことを思い出した。

――女だったのかよ⁉

この国は、亜人差別も男尊女卑も強い。

国の実力者が女性というのは、意外だった。

いや、だから男性の格好をしていたのかもしれない。そして、もうその必要はない、ということか。

この戦争がどういう結果であれ、リフェリア王国の滅亡は確実だろう。

「ひゃっ⁉」

変な声をあげたのは、シェラだった。

彼女の視線の先に、ノアの部下たちがいる。

そのなかに――

ゲイバルトの姿があった。

バチン、とウインクしてくる。

「おひさしぶりね♥」

レムが身構えた。召喚獣のクリスタルが入っているポケットに手を伸ばす。

ディアヴロも魔杖《まじょう》を握りしめた。

リフェリア王は死んだが、自分たちが王の意向に逆らって、軍隊と戦ったことは間違いない。

ゲイバルトとも戦った。

ここで、その続きにならない——と考えるのは、暢気《のんき》すぎる。

ところが、さらに予想外の者が、ディアヴロたちに駆け寄ってきた。

「レム！　シェラ！　生きておったかなのだー!!」

「クルム!?」

「クルムちゃん!?」

「ディアヴロ、捜したぞ！　マオーに人捜しをさせるとは、前代未聞なのだ！」

「おまえ……なんで、ここに……!?」

ファルトラ市にいるはずのクルムと、まさかの再会だった。

少し離れて、エデルガルトまで来ている。

レムが慌てたように問う。

「クルム、ファルトラ市は無事なのですか!?　何かあったのですか!?」

「ん？　街は無事なのだ。あっちに何かあったら、ここへ来れるはずがなかろー？」

「ふぅ……そうですか」

「じゃが、ここでゲルメド帝を倒さねば、ファルトラ市が廃墟《はいきょ》となるのは時間の問題なのだ」

「……っ」

レムが息を呑んだ。

否定する者はいない。

あまりに不吉な言葉だが、事実だった。

クルムがディアヴロの手を取り、引っ張る。

「マオーと共に行くのだ！　アレは放っておけぬのだ！」

「ゲルメド帝か……たしかに、捨て置けぬ輩《やから》だな」

魔王演技しつつも、内心では不安になってしまう――クルムが魔王であることをノアたちに知られるのは、避けなければいけないのでは？

視線を送ると、そのノアが前に出てきた。

「もう一刻の猶予もないので、駆け引きはしませんよ」

「ほう？」

「その少女が、最強の魔王クレブスクルムであることは、すでに承知しています」

「ええっ⁉」

驚きの声をあげたのは、ルマキーナだった。

隣の聖騎士も剣に手をかける。

そういえば、彼女たちは知らなかったか。

この場にいる、ディアヴロ、レム、シェラ、ロゼ、シルヴィ、ノアたち宮廷騎士団は、すでに知っていた。

クルムがうなずく。

「うむ！　マオーはマオーなのだ！」

「……話してしまって大丈夫なのですか？」

レムが不安げに尋ねた。

クルムは気にした様子もない。

「面倒は好かぬが、正体を隠したままゲルメド帝とは戦えぬしな」

「……意外です。クルムが人族《ひとぞく》の争いに関与するとは」

「ノアにも聞かれたがな――ゲルメド帝はビスケットの美味《うま》い国を作りそうにない！　あっぷるたるというのも気になるのだ」

「……アップルタルトですか？」

シェラが手を叩いた。

「あっ、すっごく美味しいよね、あのケーキ！」

クルムが目を丸くする。

「ぬあー⁉　シェラは食べたことあるのか⁉」

「うん！　前にノアさんに貰《もら》ったんだー」

「食べたいのだー‼　マオーも食べてみたいのだー‼」

そういえば、ファルトラ市ではアップルタルトを見た覚えがない。リフェリア王国では珍しいらしかった。

ノアが会話を引き戻す。

「魔王クレブスクルムと私たちは、目的と手段が一致したので、協力することにいたしました」

いかにも黒幕という顔をしていた。

ゲルメド帝の脅威が迫っていなければ、コイツが自分たちの敵になったのではないか。

今も、味方と断言できるのか、わからなかった。

シェラが首をかしげる。

「目的が一致？　ということは……ノアさんも、アップルタルトのために戦うの？」

レムがジト目を向けた。

「……なにを言っているのですか、シェラ？」

ビスケットやケーキのために、あのゲルメド帝国と戦おうと思うのは、クルムくらいだろう。

ノアも「そういう意味では……」と言い掛けたが。

「……いえ、そうかもしれませんね——私は侵略者を撃退し、美味しいアップルタルトを食べられる国を作りたい。そう考えれば、あながち否定するものではありません」

「やった！」

シェラが笑顔になる。

レムは釈然としない様子だったが。

「……リフェリア王国の人々を守れるのなら、どういう理由でもかまいません」

「貴女は正義感が強い方ですね」

「……わたしは冒険者です。人族《ひとぞく》を守るのが使命であり、ゲルメド帝の成すことは看過できません。もちろん、わたし自身が狙われているという事情もありますが」

ノアがおとがいに手をやった。

「ゲルメド帝は老い先が短いようです。《器の少女》は若返りの手段になる——と考えられます」

「……あの言動からすると、そのようですね」

「これは仮定の話ですが——貴女が自害すれば、ゲルメド帝は長くない、と考えたことはありませんか？」

「…………」

ディアヴロは割って入った。

「馬鹿げたことを言うな！　それが儀式魔術の鍵でないと、なぜ断言できる？　器の少女がレムだけでない可能性はどうだ？　不確実な情報のためにレムに自害を迫る気か⁉」

ノアが身を引く。

「これは失礼を。むしろ、その不安があるからこそ、自害など考えていないか、確かめたかったのです」

険悪になったディアヴロとノアの間に、今度はレムが割って入った。

「……考えたことはありますが、同じ結論です。わたしも魔術師ですから。それに、似たような状況は経験済みです」

「似たような状況を……？　そうそう、陥る状況ではないと思いますが……」

いろいろと事情に詳しいノアだったが、クレブスクルムがレムの中に封印されていたことは摑《つか》んでいなかったらしい。

レムが微笑む。

「……この〝器〟の性質のために、少し経験が豊富なのです」

「なるほど。事情があるようですね、信じますよ。貴女が心の強い女性であることは、ゲイバルトからも報告を受けていますからね」

「う……はい」

嫌そうな顔をして、レムがゲイバルトのほうを見る。

バチン！　と音がしそうなほどのウインクを投げてきた。

レムは《魔王の牙》を使って彼に勝ったが、召喚術士としては負け越している。少し苦手意識がある様子だった。

†

ノアが提案してくる。

「さて、互いの情報は充分に交換したかと思います。今後の話をせねばなりません。私たちは、獅子《しし》に追い詰められた鹿も同然だ。差し迫った脅威を排除しなければ、未来に想いを馳《は》せることもできない状況です」

ディアヴロは鼻を鳴らした。

「フンッ……ゲルメド帝は倒す。他に考えることはない」

「心強いお言葉です。しかし、いくら貴方《あなた》でも、一人では無理でしょう」

一人では無理。

そう言われて素直に納得できる性格なら、有名な単独《ソロ》プレイヤーになど、なっていなかった。

「ククックッ……試してみるか？」

「いえ、やめておきましょう。私たちが、この場で消耗しても、敵を利するだけのこと。そもそも、貴方を引き入れることに、私は懐疑的です」

「だろうな」

クルムが声をあげる。

「ダメなのだ！　ディアヴロも一緒でなければ、アレには勝てぬ！」

「我に任せておけ」

ディアヴロの言葉に、ノアが苦笑する。

「ふふ……自信家ですね。しかし、魔導機城に近づく案もないのではありませんか？」

「まるで、貴様にはあるようだな？」

「もちろんです。私には心強い仲間たちがいますから」

ディアヴロは王宮騎士団の連中を眺める。

このなかに、移動系魔術のスペシャリストがいるのだろうか。ディアヴロは火力特化の《殲滅《せんめつ》魔術師》だ。

基礎的な飛翔くらいは使えるが、支援系の魔術は得意ではなかった。

結界を越えて、帝国の城の中へ？

高レベルの転移なら可能か？

ファルトラ市にも魔除《まよ》けの結界はあるが、ディアヴロの転移は阻害されなかった。

ノアが自身の胸に手を置く。

「今のリーダーは私です。得意を活《い》かし、苦手を補い合えば、あれほど強大なゲルメド帝国とて、必ずや打倒できるでしょう。貴方の参加を拒みはしませんよ？」

「気に入らんな」

ディアヴロはつぶやいた。

露骨に王宮騎士団の数名が、殺気を放ってくる。

魔銃使《マギガンナー》いの女や、エルフの剣士——たしか、自称《不死身のタナトス》だ。

しかし、リア充の視線に屈しているようでは、魔王の演技などできない。不敵な笑みを返してこその魔王だった。

「なぜ、貴様が仕切るのか？」

戦ってみないと実力はわからないが、一対一ならディアヴロやクルムのほうが上だろう。

それどころか、王宮騎士団の団長やアレンのほうが強そうに見えた。

ノアは落ち着いて、堂々としたものだ。

「私がリーダーの理由ですか。それは、私が最も指揮能力が高いからです。とくに貴方は苦手でしょう？」

反論できなかった。

仲間を率いて王城に乗りこんだものの、結局は戦力分断されて、ホルンが機転を利かさなければ、どうなっていたか。

以前、大教会堂に乗りこんだときも。

仲間たちに的確な命令を下すことはできず……いや、そもそも何か命令を出した覚えもなかった。

「…………やはり、くだらんな」

「そうですか？」

ディアヴロは元世界でのことを思い出す。

有名な最強プレイヤーであったから、実力主義を掲げる廃人パーティーから、勧誘を受けることもあった。

しかし、このとおりの性格なので、仲間に入れて貰うことはなかった。

「戦う理由があれば戦う。自分で考えて、自分で決めるがいい！　誰かの指示に従って生きることに意味などない！」

「私の指揮下に入ると皆が自分で決めたのです。強制はしていません。貴方にも強制はしていませんよね？」

精神的には追いこんでるけどな。

リア充の、そういう善意の押しつけが嫌だ。

「……我は異世界の魔王ディアヴロ！　何者であろうと、我を従えられるなどと自惚《うぬぼ》れぬことだ！」

「残念ですが、認めて貰えないなら仕方ありません。どれほど強かろうと、協調できないのでは役に立たない。皆の足を引っ張るだけです」

彼女は当然のことを言っている。

しかし、その言葉は、グサグサとディアヴロの古傷に刺さった。

一人では無理。

リーダーとしての資質の欠如。

協調できないなら役に立たない。

人族《ひとぞく》に従うなど魔王らしくない——という理由だけでなく、ディアヴロはノアから距離を置きたかった。

ところが、周りの意見は違ったらしい。

ルマキーナが提案してくる。

「ディアヴロ様、王宮騎士団はリフェリア王国の切り札だという話です。どうか力を合わせることはできませんでしょうか？」

善意の塊である彼女なら、当たり前の考えか。

シルヴィも賛成派らしかった。

それどころか、レムまでが。

「……ディアヴロ、考え直してください。ノア宰相の提案は、妥当なものだと思います。あれほど強大な敵と戦うならば、強い仲間が必要です」

「うんうん！　みんなで力を合わせて戦おうよ！」

シェラが協調優先なのは、いつものことか。

気がつけば、ディアヴロ以外は全員が、王宮騎士団との共同戦線に賛成していた。

浮いているのは自分だけだ。

――なんだこれ？

つい先ほどまで、ディアヴロは中心――とまでは言わなくても、少なくとも周りの者たちと一緒だった。

連帯感のようなものを感じられた。

今は、ディアヴロ一人だけが、意地を張っている状況だ。

疎外感……。

孤独……。

ディアヴロは背を向ける。

結局、ここでも同じ。

たまたま、レベルが高かったから必要とされていただけで……高レベル集団が来たら、協調性のない自分は邪魔者でしかなかった。

——やはり、俺はダメだな。

誰かと一緒になんて生きていけない。

部屋から出ようとしたところで、背後から手が伸びてきた。

引っ張られたり、抱きしめられたりする。

「待ってよ、ディアヴロ！」

「……一人で行かないでください」

「キサマが必要なのだ、ディアヴロ！」

「お、おい……シェラ、レム、クルム」

「一緒に行くのだーっ‼」

クルムがマントを掴んで引っ張ってくる。

そんな、休日のパパに遊園地をおねだりするみたいに言われましても……

すぐ後ろに、シルヴィも来ていた。

「ふふふ……愛されてるねぇ、ディアヴロさん♪」

「……くっ……我は、誰とも手を組まぬと言っている。王宮騎士団を頼ればよかろう？」

クルムが叫ぶ。

「それでは勝てぬと言っているのだ！　マオーの言葉を信じろ、ディアヴロ」

「むっ？　貴様はゲルメド帝のことを何か知っているのか？」

「マオーだからな！」

難しい返しをしてきた。

そう言われて素直に従っては、自分が魔王ではないと認めたようなものだ。

今までの関係を失おうと、意固地と思われようと、損しようと……貫かなければならない。

そうでなければ、素の自分を晒《さら》すことになる。

「わかった、離れろ」

ディアヴロはため息をついた。

レムたちが服を離す。

ぱっ、と魔杖を払った。

「《アイスウォール》」

「えっ⁉」

彼女たちの前に、氷の壁を魔術で作る。たいしてレベルは高くないから、その気になれば簡単に破壊されてしまうだろうが。

氷の壁を挟んで歪《ゆが》んだ視界の向こう側で、レムが驚愕《きょうがく》の声をあげる。

「ディアヴロ！　なぜですか⁉」

——損得勘定で他人と協力できるなら、ぼっちなんてやってないからだ！

「王宮騎士の連中が必要だというなら、そいつらと手を組むがいい。我は誰の助けも必要としない」

背を向け、立ち去るのだった。

†

ディアヴロは《深殿》のバルコニーに立つ。

地上から浮いている建物だから、地上まではかなりの距離があった。

飛翔魔術がなければ、足が竦《すく》むかもしれない。

「…………」

視界の先には、魔導機城ヴィオウィグスが見えていた。夜闇に沈んでいた輪郭が、今は浮かび上がっていた。

空が白んでいる。

東の山の稜線《りょうせん》が赤く線を引いたように輝いていた。

もうすぐ、夜が明ける。


「――一人で行くつもりか？」


ノアの声だった。

いきなり背後から声を掛けられて、ディアヴロは飛び上がるほど驚いた。

しかし、ここで動揺を見せては魔王らしくない。感情を押し殺し、視線は魔導機城から動かなかった。

当然、気付いていたぞ――という平然とした態度で返す。

「貴様の指図は、受けない」

しかし、次の彼女の言葉には、衝撃を隠しきれなかった。

思わず振り向き、相手を凝視してしまう。

ノアは言った。

「貴方は《ＭＭＯＲＰＧクロスレヴェリ》をご存知かな？」

「いま、なんと……⁉」

ディアヴロは動揺を隠せない。

たしかに彼女は、ゲームの名を口にした。今まで、この世界の誰も知らなかったのに。

つまり、この人物も、ディアヴロと同じように……⁉

ノアが短めの髪を掻き上げ、喉を鳴らして笑う。

「くっくっくっ……ああ、やっぱり知っているのか。ああ、やっぱり貴方は〝こっち側〟だった。ああ、やっぱりな、そうでなければ辻褄《つじつま》が合わないというものだ」

口調が変わっていた。

あの演技がかった丁寧な口調から、今は感情の伝わってくるものに。いささか、おかしくなっている感じもするが……

「まさか、貴様もなのか？」

「ああ、来訪者だよ。君と同じようにね。その〝ディアヴロ〟というのはゲームでの名だろう？　本名は何というのかな？」

坂本拓真《さかもとたくま》。

まだ覚えているが、名乗らなかった。

「……………この世界では、もう意味のない名だ」

「いい返事だね、同感だよ。あんな肥溜《こえだ》めの底のような生活に価値も意味も未練もない」

「そこまでは言わないが……」

「ほほう？　君は上等な身分だったのかな？」

「……あ……う……」

元世界の生活を思い出すと、素に戻ってしまって、うまく話せなくなった。

ニートでヒキコモリの廃ゲーマーだった、とは言いにくい。

ノアが苦笑する。

「私はＯＬだったよ。毎日、終電始発は当たり前で、給料は安く、休日はなく。メールも送れない上司の憂さ晴らしみたいな説教とセクハラに耐えて、精神科の処方薬をガブ飲みしてた」

「つらすぎる……」

「貴方は、何年から来た？」

「何年だと？」

「おや、来訪者と会うのは初めてかな？　ファルトラ市なんて田舎に引きこもっているからだ。王都にいれば、他の来訪者とも会う機会があっただろうに」

――マジかよ⁉

「ふんっ……余計なことは話さず、我が問いに答えるがよい」

くすくす、とノアが笑う。

「君、その話し方を続けるのかい？」

仕方ないだろ⁉　魔王ロールプレイをしていないと、異世界だろうと元世界だろうと、女性と話せないんだよ！　素の俺と話したかったら、犬か猫の姿で現れろ。金魚でもいいぞ？

「クックックッ……この魔王を愚弄するか？」

「いやいや……いいさ、人には事情がある。本当の情報交換といこうじゃないか。私はクロスレヴェリ末期。サービス終了がアナウンスされた頃から来たんだ」

「サービス終了だと⁉」

「驚くことかな？　ガチャで武器しか出ないMMORPGが、そんな長続きするわけないだろう。ちゃんと続編も発表されてたよ。キャラも排出するようになって、システムも大幅に変わるが、世界観は同じさ」

「続編……⁉」

「まぁ、私が熱心にやってたゲームは、学園モノで男子学生がガチャで出るヤツだったけどな。クロスレヴェリなんて片手間の暇潰しだったよ」

「………」

ガチャから男子学生？

それの何が面白いのかと思ったが——ノアは元世界でも正真正銘の女性だったらしい。

ディアヴロは詳しくなかったが、女性向けジャンルでは普通のことなのだろう、ガチャで男キャラが排出されるのは。

ノアが頭を抱える。

うめいた。

「くぅ……通勤電車でのソシャゲだけが生き甲斐《がい》だった……いっぱいゲームやってたのに……どうしてだ？」

「む？」

「なんで、メインでやってた《イケイケ学園メンズラブ》じゃなく、こんな殺伐とした異世界ファンタジーに転生してしまったんだ⁉」

「俺が知るか！」

「そりゃ、クロスレヴェリはレベルが簡単に上がるから、なんとなくカンストまで育ててたけど……」

ディアヴロがプレイしていた頃は、レベルを上げるのは大変だった。

レベル99までは、普通に遊んでいれば到達する。

しかし、１００を越えるには、難関クエストのクリアと、途方もない周回が必要で、以降は１レベルあげるのも大変だった。

ディアヴロの到達したレベル150は当時の上限で、ゲーム内でも限られたランカーだけのものだった。

しかし、ノアはクロスレヴェリを片手間で遊んでいたらしい。それなのに、レベル上限《カンスト》まで？　その言葉に違和感があった。

「貴様、今は何レベルなんだ？」

「私はレベル300だよ」

「んなぁがぁ……!?」

ノアが来訪者だと知ったときよりも驚いてしまう。

ひらひら、と彼女が手を振った。

「たいしたことじゃないんだ、私の年代では。君はレベル150だと言ってるそうだな？　その辺がレベル上限だったのは、MMORPGクロスレヴェリの全盛期で、私にとってはもう五年くらい前なんだ、元世界の時間でね」

「くっ……つまり、お前は、俺がプレーしていた頃より、五年後の元世界から来訪した、というわけか」

「理解が早いな。SFも嗜《たしな》むほうか？」

「レベル上限は半年ごとに引き上げられていた……五年もあれば、200は越えるだろうと思っていたが……」

「ソシャゲバブルの頃に、雨後《うご》の筍《たけのこ》のように、いろいろなゲームが出てきたからな。売り上げで追いつかれたMMORPGクロスレヴェリは、システムを大幅に変え、ガチャもプレゼントも大盤振る舞いになり、レベル上げも簡単になったらしい」

「…………」

そんな切ない話、聞きたくなかった。

「すっかりバランス崩壊して、それがサービスの寿命を縮めた——なんて意見もあったかな。私は昔のクロスレヴェリを知らないから、どうでもよかったけど」

「馬鹿なことをしたな」

人気が出たとき、似たような後発作品が作られるのは、娯楽産業に限らない。

後から来たのに抜かれそうになって、先行作品ができることは限られる。

そのひとつが難易度の調整だ。

簡単に勝てるように、容易《たやす》くレベルアップできるようにして、プレイヤーに阿《おもね》る。

しかし、労せず上がるレベルに、何の価値がある？　何の喜びがある？

プレイヤーは簡単に報酬が手に入ることを望む。

だからといって、難易度を落としても、ゲームが面白くなるわけではない。

——苦労するから、達成したときに嬉《うれ》しいんじゃないか。

ディアヴロはため息をついた。

ノアが話を切る。

「まぁ、クロスレヴェリの話はいい。あれが、どういう経緯で作られたかは知らないが、この異世界とは別物だ」

「そのようだな」

「私はここでの生活を、自分にとって本当の人生だと思ってる。だからこそ、もう繰り返さない……もう虐げられるのを我慢しない」

「宰相の地位であれば、虐げられることはなかっただろう？」

「自分だけではダメだよ」

「ほう？」

「君はどうやって来訪した？　私は赤子として転生したんだが、両親は酷い死に方をしたよ。リフェリア王国の政治を根底から変えなければならないと思った。いや、変えると誓ったよ。土を盛っただけの墓の前で！」

「……俺とは違うな」

ディアヴロは、レムとシェラに召喚された。ゲームキャラクターの姿ではあったが、いわゆる転移だ。

ノアは転生だったらしい。

「私は、もう元世界に戻ろうとは思わない。この世界での人生こそが自分の全てだ。国を作り直すことも、今なら不可能ではないだろう」

「そうなのか？」

「困難な状況ではあるが……私は、リフェリア王国を理想郷にしたいという想いがあるんだ。差別も貧困も諍《いさか》いもない。そんな国に」

国作りか。

ディアヴロは興味がなかった。

「ふむ……共感はできないが、理解はしよう。間違ってるとは思わぬ」

「ひとつ教えてほしい――君が無軌道に行動しているのは何故《なぜ》だ？　いずれは元世界に戻るつもりか？　だから、そんなふうに好き勝手に振る舞っているのかな？」

誤解だ。

好き勝手にやっているわけではなかった。

実は、魔王の演技をしていないと、まともに会話もできないコミュ障ナンデス――と言えれば楽だったが。

いくら互いの事情を打ち明けようと、そこまでは無理だった。

息を止めて生きるのが不可能なのと同じように、素直に自分を曝《さら》け出《だ》すことができない。

ミミズに手足がないのと同じだ。

ダンゴムシが空を飛べないのと同じ。

——素の自分は見せられない。

どれほど誤解され、蔑まれ、損をしようとも、不可能なことだ！

「フンッ！　我は魔王だ。貴様が宰相として生きていくように、我は魔王として生きていく。故に、この地の人族《ひとぞく》の命など、知ったことではない！」

彼女が首を横に振った。

「君の行動は、独自の情報網で追っている。それは真意ではないね」

把握されていたか。

「ストーカーかよ」

「そもそも、あの大主神官ルマキーナが、そのような心根《こころね》の者を重用するはずがない。彼女は善意と悪意を見抜くことができる」

見抜けるのか？　何度も悪党に騙《だま》されているような……と思ったが、むしろ看破したが故に命を狙われてしまったのか。大人しく欺かれていれば、体《てい》よく利用されて安全だったろうに。

「ルマキーナのこと、詳しいのだな？」

「この世界では、国の宗教儀式で挨拶する程度だったよ。彼女も、私のことは名前くらいしか知らないだろう」

「まさか、ゲームで知ったのか？」

ファルトラ市にも、ディアヴロが知っているＮＰＣ《ノンプレイヤーキャラクター》がいた。武器屋や道具屋の店員たちだ。

ノアがうなずく。

「ルマキーナは特別な役割を持った存在だよ。クロスレヴェリで特殊ＮＰＣ――スタッフと呼ばれている」

「スタッフだと……？」

「君の頃には使われていない名称だったかな？　剣聖には会っただろう」

「ササラも⁉」

言われてみれば、納得だった。

たった数年の修行でレベル２００戦士などと、明らかに世界観から逸脱している。

「プレイヤーに、それらスタッフが特別な難問を与え、どんどんレベルアップの手助けをするんだ」

「ＭＭＯＲＰＧクロスレヴェリは、そういうゲームだったな」

「スタッフは特別な才能を持っているが、そのぶん制約も与えられている」

制約――

ルマキーナは自分自身には神の奇跡が使えなかった。

ササラは全力を出すと日没には熟睡してしまう。

そういえば、レムの叔母であるソラミはどうだったろうか。彼女は拳聖かと思ったが、違うのかもしれない。

ノアが口にする。

「君が、レベル99限界突破したときは、賢聖《けんせい》に会ったはずだな？」

「魔術師は、そいつのクエストをクリアするのが条件だからな。賢聖マリン……王都にいるという設定だったが……」

「彼女は、私の計画には少し障害だったのでね。研究に専念できるよう、静かな場所へ移ってもらった」

「ふむ……それが？」

すでにディアヴロは限界突破している。会う必要はないはずだった。

うんうん、と彼女がうなずく。

「君はレベル１５０の壁に当たっているのだろう？」

嫌らしい薄笑いだ。

彼女がもったいぶっていることに、ディアヴロは気付いた。

息を呑む。

「まさかッ……このレベル１５０上限を突破する手段が、あるというのか⁉」

ノアが満面の笑みを浮かべた。

「賢聖マリンに、会いたいかい？」

レベル150を越える⁉

この世界はゲームとは違うから、簡単ではないだろうが、ノアのようにレベル300を目指すことができるかもしれない。

ディアヴロは詰め寄る。

「命が惜しくば、教えるがいい！　我は気が長くないぞ⁉」

レベル300の魔術師に、果たして脅しが効くのか――不安ではあったが、魔王が頭を下げて頼むわけにはいかなかった。

ノアが肩をすくめる。

「賢聖の居場所を知っているのは私だけだ。王宮騎士にも教えていない。短気を起こさないほうがいいと思うよ？」

「嘘ではなかろうな⁉」

「こんな小賢《こざか》しい嘘をつくほど、私を馬鹿だと思うのか？」

――人を見る目なんかないっての！

とはいえ、たしかに、嘘であれば後々面倒なことになるのは間違いなかった。

わざわざ交渉材料にしたということは……

ディアヴロの心臓が脈を速める。

レベル150上限を突破できるのか⁉

手に、じっとり汗をかいた。

「……条件を言うがいい」

「言わなくてもわかっているだろう？　ゲルメド帝国を倒したい。戦力が必要だ」

「我に手伝え、と？」

「正直、使いにくい駒は好きじゃない」

「気が合うな。我も、駒として使われるのは好かぬ」

「しかし、なにやら知っているらしい魔王クレブスクルムが〝ディアヴロが必要だ〟と言って譲らない」

たしかに、クルムは何か知っている様子だった。

しかも、彼女が食べ物のこと以外で、あんなに本気になっているのは、初めて見る。

「レベル300の魔術師がいるなら、話は別ではないのか？」

正直、今はノアに勝てる気がしない。

ディアヴロの予想では、レベル150の魔術など、レベル300の魔術師には通用しない。

戦士系の武技も、まだレベル100と少し。

想定されるレベル300魔術師にとっては全てが児戯に等しいだろう。

ノアが肩をすくめた。

「わからない。強い敵と戦ったことがないのでな」

「な、なに？」

「私は赤子として転生したと言っただろう？　成長してから、レベル３００の魔術が使えるかは試したが、実戦はできるだけ避けてきたんだよ」

「なぜだ……？」

彼女がバカを見るような目を向けてくる。

「この世界は、戦って死んだら、本当に死ぬんだぞ？　自らそんな危険を冒すなんて、ありえない」

「うっ……」

ディアヴロは流れで冒険者になった。所持金はなかったし、レムは冒険者で、シェラも冒険者志望で。

なにより、ゲームでプレイヤーたちは冒険者だったから。

考えてみれば、この世界での冒険者は危険な職業だ。

元世界の知識を持っているノアが、国の要職を目指したのは、当然のことだった。

「特許制度も独禁法もない世界で財を成すのは簡単だったよ。金があれば、地位は買えるものだ。地位があれば危険な目に遭わなくて済む」

「貴様は、そういう考えか」

「上手《うま》くやってきたつもりだったが……ここに来て、大誤算だ。アレは強すぎる」

「ゲルメド帝か……」

ノアが東を見つめる。

太陽を背にし、魔導機城は燃えるように赤く、そして黒色をより濃くしていた。

美しい。

おぞましいとも感じた。

「ゲルメド帝国を倒すのに協力しろ、ディアヴロ。さすれば、賢聖の居場所を教えよう」

「…………」

「そうそう、騙されたと言われないよう、先に恐ろしい条件を伝えておこう。これを聞いたら、訪ねるのを躊躇するかもしれない」

「む？　何だ？」

「ふふっ……賢聖マリンは群れるのを好まない。彼女の島へは一人で訪ねなければならないんだ」

ディアヴロは首をかしげる。

「どのへんが恐ろしい条件なんだ？　冒険は一人でするものだ」

ずっと余裕の笑みを浮かべていたノアが、たじろいだ。

「な、なにを言っている？　クロスレヴェリは六人パーティーが基本だろう⁉　大規模イベントはアライアンスを組んで十八人で挑むこともありえる」

「反吐《へど》が出るな」

「……もしかしたら、元世界の時間だけでなく、ゲームも違うのかもしれないな。私の知っているMMORPGクロスレヴェリと、君のやっていたものと」

「さてな？」

おそらく、同じなのだろう。

元世界で社会人が務まっていて、権力を目指すようなノアと――

ディアヴロの生き方が、あまりに違っているだけで。

ノアが問うてくる。

「それで、答えは？　即答してもらいたいものだな。次の日没を待つ気はないぞ、もう街が消し飛ばされるのは見たくないからな」

当たり前だ。

ディアヴロは交渉力では勝負にならない、と気付いた。

用意していた材料も話術も、ノアのほうが上だ。

悔しいが、それこそレベルが違う。

ノアに従って、王宮騎士団やクルムと共に、ゲルメド帝を倒し――本当に倒せるのかはわからないが……

賢聖マリンに一人で会って、レベル150限界突破を目指す。

正解はわかっていた。

ディアヴロは口を開く。


「だが、断る！」


「バカなのか、君は⁉」

「ぐっ……」

「そもそも《器の少女》は、君の奥方でしょ⁉　エルフの王妃も！　グリーンウッド王としての立場もある！　自分の拘《こだわ》りよりも、成すべき責務を直視すべきじゃないの⁉」

こんなに叱られたのは、小学生以来かもしれない。

内心、涙目だった。

「黙れ！　我こそは異世界の……ッ‼」

そのとき、バルコニーに別の者が入ってきた。

†

黒髪豹耳の少女と、金糸のような髪のエルフの少女――レムとシェラだ。

「ディアヴロ……」

「ここに居たんだねー」

話を聞いていたのか？　さすがに呆《あき》れただろうな、と思った。

ところが、レムたちが微笑む。

「……わたしは、あなたがどのような決断をしようと、それを否定しませんよ、ディアヴロ」

「な、なんだと？」

ディアヴロは戸惑った。

うんうん、とシェラがうなずく。

「レムと話し合ったんだー。そんでね、あたしたちはディアヴロの妻でしょ？　夫を信じないとって」

「……それに、今まで何度も助けてもらいました。この命は、あなたに貰った命です」

「ディアヴロのお陰だもんね！」

「……何があっても、あなたを信じます。進みたい道へと進んでください、わたしたちに遠慮は無用です」

「あはは！　ディアヴロは遠慮なんてしないと思うけどねー」

「……わたしとシェラは、どこへだって一緒に行きます。それが水の底でも、火の中でも、そう誓いましたから」

「永遠の愛……ちゃんと誓ったよ、ディアヴロ？」

「……わ、わたしは冒険者として信頼を」

「えっ⁉　今になって⁉　レムだって永遠の愛って言ってたじゃん⁉」

「……うぅ……いざ本人を前にすると……」

レムが頬を染めた。

シェラまで照れたように身をよじる。

「んもおー、なんで恥ずかしがるのー？」

「……は、恥ずかしがってるわけでは……ディアヴロには、きっと伝わってるはずです」

「そうかなー？」

二人の声が、だんだんと小さくなった。

ディアヴロは立ち尽くす。

彼女たちの言葉が、頭の中を駆け巡った。

ノアが背を向け、バルコニーを出ていこうとする。

「私の話は、もう終わりです。貴方たちは、お好きになさったらよいでしょう」

ため息まじりだった。

ディアヴロは拳を握る。

大切なものは、絶対に守ると決めた。覚悟した。

どんなことをしてでもだ。

たとえ、自分自身の精神を砕こうとも！　最善手を選べなくて、なにが覚悟か——⁉


「……貴様に、従う」


「えっ⁉」

ノアが驚いた顔をして、振り返った。

ディアヴロは呼吸が止まるかと思った。

こんなのは魔王ではない——そんな考えが、頭の奥で渦を巻く。

だらだらと汗がこぼれた。

「ゲルメド帝を倒すまで……力を貸してやると言っている。この魔王が……ッ‼」

ノアが目を細める。

「私がリーダーですよ？　戦場においても命令は絶対厳守です。約束してくださるのでしようか？」
　よかろう！　と尊大に返しては、まったく理解していないことになる。
　子供のクルムとは違う。
　ディアヴロは、ゆっくりとうなずいた。
「認めよう。貴様がリーダーだ」
　笑うかと思ったが。
　彼女は、かつてないほど真剣な表情をしていた。
「ありがとう、ディアヴロ。貴方の信頼に応えられるよう、私は全力を尽くす」
　右手を差し出してくる。
　躊躇《ためら》いはあったが、こちらも右手を出し――
　握手した。

　まだ自分は理解していなかったのだ、とディアヴロは思う。
　リーダーとは何か。
　責任の重さ。
　ノアは、それを知っている。
　ディアヴロはレムたちを率いていても、責任など感じていなかった。リーダーらしく振る舞おうとは考えていなかった。

結果、どれほどの窮地を招いたか。

不思議な熱が、右手に残る。

ディアヴロは改めて、ノアを見つめるのだった。

第六章　ぺろぺろされてみる

人間《ヒューマン》とは思えない筋肉の大男が、胸に拳をつけて敬礼する。黒縁メガネに七三分けの顔が不釣り合いだった。

「もう知っているとは思うが……団長のマキシマム・エイブラムスだ。団のことは何でも聞いてほしい」

「まさか、俺も団員なのか？」

ディアヴロは自分でも驚くくらい、うんざりした嫌そうな声で尋ねてしまった。

彼は気を悪くした風もなく、うなずく。

「そういうことになる。魔王クレブスクルムと同じくな」

「うへ……」

クルムは上機嫌だった。

「やったのだー‼」

おそらく、ディアヴロが一緒に行くことになったからだろう。

その後、地獄が始まった。

自己紹介タイム――

銀髪のドワーフが名乗りをあげる。

「オレはアレン！　よろしくな、ディアヴロ！　皇帝をぶっ倒したら、ガチで勝負しようぜ!?」

「この馬鹿の言うことは気にしなくていいわよ？　私はデイジー。魔銃使い《マギガンナー》よ」

混魔族《ディーマン》の少女だった。

その隣には、長身の豹人族《ひょうじんぞく》の女性がいる。

「私は槍使い《ランサー》のチョビです。頼りにしていますよ、ディアヴロ」

「うんうん！　《ライトニングストーム》を魔術陣も前詠唱もナシで撃ったって？　カッコイイー」

手を叩《たた》いたのは、グラスウォーカーだった。

格好からして魔術師で、たぶん女か。

「アタシャ、ウッタタっていうンダ。召喚獣も攻撃魔術も使えないから、そのへんは期待すんなヨナー」

だとすると、支援魔術師か？

このグラスウォーカーが、魔導機城ヴィオウィグスの魔除《まよ》けの結界を越える移動魔術を使えるのか？

ずいっ、とエルフの男が前に出てきた。

「チッ……俺は認めない。こんなヤツを仲間だなんてな！」

不死身のタナトスが睨《にら》みつけてくる。

睨み返した。

「フンッ……貴様も団員とはな。このパーティーの平均レベルが下がるのではないか？」

「なんだと、ディアヴロッ!!」

「タナトスッ!!」

はぁはぁはぁ……と息を荒くして見つめる男がいた。

元聖騎士の召喚術士ゲイバルト。

「ス・テ・キ♥　いいじゃないの〜、睨み合うイケメン同士、燃えちゃうわ〜♪　いがみ合う二人は、いつしか憎悪が愛情に変わるのよねぇ〜」

「「変わるか！」」

思わず同時に怒鳴ってしまった。

微妙な空気になり、ディアヴロとタナトスは、どちらからともなく離れる。

「………」

半分は知っている相手だ。

しかし、それでも全員の名前は覚えられなかった。

――名前を覚えるの、苦手なんだよなぁ。

とはいえ、今回はクルムも一緒だ。彼女も人族《ひとぞく》の名前なんて覚えないだろう、と思っていたら。

クルムが端から指差す。

「ふむふむ……ノア、マキシマム、アレン、デイジー、チョビ、ウッタタ、タナトス、ゲイバルトか」

ウッタタが目を丸くした。

「意外ダネ⁉ 魔王は人族《ひとぞく》の名前なんて覚えないと思ってタナー」

「マオーは軍を率いるものなのだ。配下の名を記憶するくらい、当然のことではないか」

グサァ、と言葉の刃が、ディアヴロの胸を貫いた。

ショックだ。

クルムまでリーダーの資質を持っているとは。あんな自己紹介で、すっかり記憶するなんて。

自分だけがダメダメに思えて、つらかった。

ノアが首を横に振る。

「クレブスクルム、貴女《あなた》は私の配下ですよ？　団員たちは貴女の配下ではなく、同等の仲間です」

「うむ！　コウテーを倒すまでな！」

ディアヴロの決意に比べると、とても軽いノリのクルムだった。

ともあれ、彼女はもう溶け込んでいる。

意外にもコミュ力が高い。

それに引き換え、ディアヴロはタナトスと睨み合っただけ。

──やっぱり、パーティーに加入するなんて、やめておけばよかった。

早くも後悔していた。


「よし、全員集合ってことで！　突入しようぜ、ノア！」

アレンが言った。

ディアヴロも、そのつもりだったが……

ノアが首を横に振る。

「ダメだ。昨夜は寝られなかったからな。アレンは気にしないかもしれないが、とくに魔術師は睡眠不足だと集中が鈍る。本来の力を発揮できないものだ」

「軟弱だなー」

「今から昼まで睡眠に当て、昼過ぎに突入する」

「夜のほうがよくね？」

「場所は不慣れで、夜目が利かない者もいる。強襲なら昼のほうがいい」

「そっかー？」

「なにより、私は日没を待つ気はない」

アレンが頭を掻《か》いた。

「あ、そういや、すんげえの撃ってくるんだっけ？」

「突入の指示は私が出す。眠りたくないのなら、瞑想《めいそう》でもしていることだ」

「ちぇーっ……わかったよ」

ルマキーナが神官たちに指示を出す。

「王宮騎士団の方々に、寝室を用意してください」

「畏《かしこ》まりました！」

「ノア・ギブン公爵……どうか、お願いします」

「ええ、もちろんです」

ディアヴロのところに、レムたちが集まってきた。

「……どうか、ご武運を」

「気をつけてね、ディアヴロ！」

レムたちは同行しない。

当然か。

レベル150のディアヴロでも、レベル300のノアから見たら、物足りない手駒だろう。

他の者たちは、戦力として数えられていなかった。

シルヴィが頭を掻く。

「ボクが、あと三十歳若かったらねー」

「ふむ？　グラスウォーカーは外見が子供のままの種で、年齢で衰えないんじゃなかったか？」

ディアヴロは首をかしげたが、彼女は「そうでもないんだよ」と笑っていた。

この部屋に呼ばれていない者たち——ホルン、アンジュレン、リリタナなどは、ノアに非戦闘員だと思われていそう。ロゼは損傷中だし。

レムとシェラが瞳を潤ませていた。

見つめ合う。

——こんなとき、夫婦だと……何すればいい⁉

しばらく固まっていた。

ぐいっ、とディアヴロは腕を引っ張られる。

クルムだった。

「突入の準備だぞ、昼まで寝るのだ！」

「お、おう」

「魔王様、お守り～します」

エデルガルトは当然のように、クルムに付いて回っている。ノアが許しているみたいだから、この魔族は合格──充分なレベルということか。

ずっと魔王と一緒にいるせいか、以前よりパワーアップしている様子だった。

それなら、レムも成長しているが……

レベルの問題ではないか。わざわざ敵の拠点へ、皇帝の求めている《器の少女》を連れて行くのは、あまりに危険だった。

ディアヴロは、クルムに手を引かれ、レムたちと引き離された。

†

寝室──

ベッドに横になる。

「…………」

とうとう、パーティーメンバーか。

昔、少しだけ所属したことはあるが、すぐ自分には無理だと悟った。

理由もわからないうちに、相手を怒らせたり、馬鹿にされたり、追放されたり。

まるで、全フィールドが地雷原に変わったかのようだった。

無理ゲーだ。

人間関係という怪物に比べたら、単独《ソロ》でラスボスに勝利するほうが、ずっと楽だった。

──もう二度と、パーティーなんて組むものか、と思っていたんだけどなぁ。

しかし、約束した以上は努力する。そして、ノアがリーダーだ。

彼女のほうがリーダーとしての資質を持っていることは、間違いなかった。

「……というか……俺にメンバーの資質がないんだよなぁ」

「どうした、ディアヴロ？」

なぜか、クルムまでベッドに上がってきた。

「む？　貴様たちにも、それぞれ部屋が用意されているだろう？」

大主神官《だいしゅしんかん》ルマキーナの指示で、一人一室が用意された。狭いベッドに三人で寝る必要はないはず。

クルムが、くっついてくる。

「ディアヴロに魔力を与えておこうと思ってな」

「ま、魔力だと⁉」

「今のままだと、死んでしまうかもしれん」

「我が力不足だと言うか？」

「頑丈さが足りないのだ。投げた棺《ひつぎ》くらいでダメージを受けていてはな」

「ふんっ……昔の話をするではないか」

ファルトラ市で、魔王の破壊衝動に覚醒してしまったクレブスクルムと、ディアヴロは戦った。

そのとき、暴走した彼女が投げてきた棺で、けっこうなダメージを受けている。

当時とは装備が違う。

戦士としてのレベルも上げた。

しかし、混魔族《ディーマン》は生命力《HP》を伸ばしにくい種族ということもあり、ディアヴロは高レベルにしては頑丈さに欠けている。

――先手必勝。攻撃される前に殲滅《せんめつ》する、ってスタイルだったからな。

解消できるものか？

「一時的に強化する魔術か？　しかし、我に魔術は効かぬぞ？」

《魔王の指輪》が反射してしまう。

「わかっているのだ。たぶん、大丈夫な気がする」

本当か？

クルムは、シェラの装備を強化したり、レムにアイテムを授けたり、エデルガルトを何度も治したり強化したりしている。

魔王全てができるのか、彼女が特別な魔術付与師《エンチャンター》なのかは、わからないが……

――一時的にでも強化されるなら、願ってもない。

「ふんっ……任せる。好きにするがよい」

「やるのだー‼」

壁際に立っているエデルガルトがつぶやく。

「魔王様……は～寝る？　寝ない？　そう、寝ない……っぽい」

「エデルガルトも、やるのだ！」

「は、はい」

彼女が声をうわずらせた。驚き？　歓喜？　恐怖？　判別つかない。

とにかく、エデルガルトもベッドに上がってきた。

その手がディアヴロに触れる。

ひんやりと冷たかった。

人の温《ぬく》もりが感じられない。

以前、ラミアの少女に触れられたときのことを思い出した。あの種族も肌に鱗《うろこ》がある。

エデルガルトも鱗があるのだが、ずっと小さい。

ざらざらしているが、痛いというほどでもなかった。

——そういえば、魔族に触れられるのは、初めてじゃないか。

ちょっと緊張する。

「それで？　魔力を与えるというのは、どうやるのだ？　シェラの弓を強化するときは、ちょっと触れる程度だったが」

クルムがうなずいた。

「あれくらいは、造作もないからな」

「俺を強化するのは？」

「けっこう大変なのだ！　ちょっと時間がかかる」

「まぁ、かまわないがな」

前日の疲労感は残っているが、人間関係のストレスがあるときは、寝られない。

横になって一人でいると、過去の失敗が次々と思い出され、怒りと後悔と羞恥で身悶《みもだ》えして朝を迎えるのだ。

それよりは、クルムと話しているほうが、気が紛れそうだった。

生暖かい感触が、ディアヴロの頬に当たる。

ぺろ……

舐《な》められた。

「ぬはっ⁉　な、なにをしている、クルム⁉」

ディアヴロは思わず身を引く。

「うん？　強化するのだ」

「いやいやいや……おかしくないか？　なぜ、舐めた」

からから、とクルムが笑う。

「食べたりしないから、じっとしているのだディアヴロ」

「その心配はしていないが……」

「ディアヴロは食べても美味《おい》しそうじゃないからな」

――美味しそうだったら、食べるのかよ？

エデルガルトが真剣な顔をして言う。

「魔王様は～、魔力を与える……大変～とっても。だか～ら、動かない？　動かない」

たしかに、いきなり嘗《な》めてきたが、これも魔術儀式か。

邪魔をするのは、よくない。

ディアヴロはベッドに身体《からだ》を預けた。

「ふんっ……わかった。全て任せるゆえ、好きにするがいい」

「うむうむ……聞き分けがよいな。大人になったではないか、ディアヴロ」

ビスケットで何でも決めてしまうクルムに、大人になったと言われてもな――と思ったりする。

「ぺろ……ぺろ……」

小さな舌が、ディアヴロの頬を舐めてきた。

そして、エデルガルトまで。

首筋に顔を近付け、ぐっと舌を伸ばす。先っちょで触れてきた。

エデルガルトの舌は、細くて長い。普通の人族《ひとぞく》の倍くらいまで伸びた。

――やっぱり、魔族なのだな。

チロチロと小刻みに動いて、少しくすぐったい。

身じろぎしたら、ぐいっと両手で身体を押さえこまれた。

「うっ……」

本気だ。

エデルガルトの目は、まるで戦闘しているときのように真剣だった。

崇拝する魔王が行っている儀式なのだから、当然か。

ディアヴロはベッドに寝転んだまま、気をつけの姿勢になる。寝る前の余興だと思っていたが、手術でも受けているような気分だった。

クルムとエデルガルトが舌を這《は》わせる。

「ぺろぺろ……」

「ちろちろちろちろ……」

「んむ……魔術付与されてるな、これ？　邪魔なのだ」

「破壊～する？」

「ま、待て！　この《ゴーストスーツ》は《漆黒の虚《うろ》》に匹敵するEX級の装備だぞ⁉　ステータスの大幅アップと、状態異常《バッドステータス》の早期回復や即死防止の効果がある」

「む……」

「脱ぐから、待て」

AVのストッキングくらいの気軽さで、EX級防具を破壊されたら、たまったものではない。

ディアヴロは《ゴーストスーツ》を外した。

クルムが笑顔で言う。

「下もなのだ！」

「はぁぁぁー……ッ⁉」

「よいのか？　術式が半端になると、下だけ護《まも》られないなんてことになるのだ」

「むむ……」

彼女の口ぶりからすると、この舌でペロペロされると、耐久力や魔術抵抗が上がるのだろうか。

恥ずかしがったばっかりに、敵の範囲攻撃で自分の下半身だけ吹き飛ぶ——なんていうのは嫌だった。

仕方なく、ズボンも脱ぐ。

まじまじと見つめながらクルムとエデルガルトが待つ。

「わくわく……」

「じー……」

「うっ」

ディアヴロは観念して、全裸になった。

ぽろん、と晒《さら》すと、クルムが手を伸ばしてくる。

小さな手で触られて——こちらは子供のように体温が高かった。

「さすがはディアヴロなのだ。人族《ひとぞく》にしては逞《たくま》しいな」

「大きい……」

エデルガルトが顔を近付けてくる。

ちろちろ、と舌を伸ばしてきた。

くすぐったさと、甘美な刺激が背筋を駆け上がってくる。

うっ……と思わず、うめき声をこぼした。

「おい、風呂にも入っていないのに……」

「ちょっと汗のニオイがするな」

「べつに〜、エデルガルトは〜気にしない？　気にしない！」

「ぺろぺろ……ちょっと、しょっぱいのだ」

「ちろちろちろ……フィッシュサンドに〜ちょっとだけ味が似てる」

——囓《かじ》らないでくれよ？

少し不安になりつつも、彼女たちに身体を預ける。

ぺろぺろ、とクルムが舐めてくる。

ちろちろちろ、とエデルガルトが舌先でしごき、長いのを巻き付けてきた。

「んに……ぺろぺろ……」

「……変な、形」

「人族《ひとぞく》というのは、こういう形らしいなー。人間《ヒューマン》だけでなく、エルフも豹人族《ひょうじんぞく》もドワーフもだ」

「はー……なんか〜見てると……変な気分になる？　なっちゃう〜かも」

「変な気分？　そうそう、魔力を流してやらないとな」

クルムの身体が、うっすらと輝く。

「はんう……ッ⁉」

ビクッ、とエデルガルトが背筋を反らせた。

ディアヴロも、舌の刺激とは別種の感覚を浴びて、息を詰まらせる。

「ウッ……」

「はぁはぁはぁ……さて、ここからだぞ、ディアヴロよ」

今までのは、たんに舐めてただけか？

ぺろぺろ、と舌が這い回る。

まるで電気を流されているみたいに、身体の芯にまで刺激が届いた。皮膚も筋肉も抜けて、骨の髄へ。

「アッ、グッ……⁉」

エデルガルトも、まるで甘露を舐めるかのように、一心不乱に舌を押しつけ、唇でついばんでくる。

「んじゅっ！　ぢゅちゅっ！　んぢゅるるるっ……‼」

「ううぅ……」

「はふぅっ……んあぐぅ……すごい……魔王様の～おおおぉぉ……魔王様の力を感じるぅ

……あああぁぁぁ……感じるぅぅぅ〜〜〜ッ!!」

「ふふふ、どうだ、ディアヴロ？　マオーの魔力の味は？」

「くっ……」

熱い。

皮膚が焼けるかと思うくらい熱いのに、それ以上に呼吸ができないほどの快感が押し寄せてくる。

骨の髄へと直接流しこまれてくる未知の感覚は、防ぎようがなかった。

視界がチカチカとフラッシュする。

脳が限界を超えそうだった。

クルムがさらに舌先で、魔力と刺激を送りこんでくる。

「んちゅっ、んちゅっ、んちゅっ、んれろ……れろれろれろ……んっ、んはぁぁぁッ！」

エデルガルトも貪るように、舌を貼りつけて、べろ——んと舐めあげていた。

「あはぁぁぁぁぁぁ……ッ……まおうさまぁ……まおうさまぁぁぁぁぁぁ……アッ、アッ、アッ、ンハアアァァァッ!!」

彼女がビクビクビクと身体を痙攣《けいれん》させる。

そして、クルムまでが。

「ああ……ディアヴロ……ディアヴロ……んんんんッ！　う、受け取るがよい！　このマオーの……魔力ッ‼」

プシャ！　と生暖かい液体が、ディアヴロへと降ってくる。

びちゃびちゃと身体に掛けられた。

さらさらとしていて、ちょっと黄色い。

エデルガルトも一緒に、その液体を浴びた。ビクンッビクンッ、と不安になるくらい何度も痙攣する。

——これ、本当に魔術儀式だよな？

ちょっぴり不安になるディアヴロだった。

†

《魔導機城ヴィオウィグス》——

第八甲板と呼ばれる平らな場所に、黄金色の魔導機兵《マギマティックソル》が立っていた。

《金のゴルディノス》である。

周りには誰もいない。

生きている者は。

整備しようと近寄ってきた魔導技師たちは全て殺され、血と肉片と化していた。

この場所は〝立ち入り禁止〟として封鎖されている。

ゲルメド帝国側でも、ゴルディノスは制御できていない。

最強の魔導機兵《マギマティックソル》にやっと適合者が出たと思ったら、大魔導師ドリアダンプが死んでしまい、奴隷魔術が解除されてしまった。

いざとなれば、ゲルメド帝の意志一つで、中の人間《ヒューマン》は捕食されるわけだが……

他の魔導機兵《マギマティックソル》を失ったこともあってか、金のゴルディノスは味方側に損害を与えつつも、処断されていなかった。

じゃり、と甲板上に操縦者が降り立つ。

長髪が風に吹かれて巻いた。

「ふっ……」

アリシア・クリステラである。

ただし、その赤かった髪は、今は金色に変わっていた。そして、魔導機兵《マギマティックソル》の操縦者たちは、内部との接点を少しでも多くするため、ほぼ全裸で乗っているが。

今のアリシアは黒革のスーツを着込んでいた。

「ああ……王都が……なんて素晴らしい……」

視線の先には、地面すら吹き飛んだ、第一地区がある。

もう半分以上が、水没していた。

うっとり、とアリシアは消滅した街だった場所を眺める。よだれが唇からこぼれ、胸の谷間に落ちた。

そして、彼女は王城グランディオスに視線を向ける。

「なぜ、陛下はあのような醜悪な物を残しておくのかしら？　正しくは、まず王城から消し飛ばすべきだというのに……」

『そこにハ《器の少女》が居たからダ』

ノイズ混じりの声がした。

この場には、アリシア以外に、生きている人はいない。

彼女は振り返る。

微笑《ほほえ》んだ。

「陛下がソレを望んでいることと、醜い物を滅するべきだという真理に、何か関係がありますか？」

『しかし、勅命を無視ハで……』

アリシアが目を見開く。

「まだ、言葉遣いすら、覚えられないのか……豚が」

『ウッ……!?』

「なんて躾《しつけ》のなっていない獣でしょう？」

『こ、此《こ》の身ハ……黄昏《たそがれ》にして究極ノ魔導機兵《マギマティックソル》デ……』

「豚ッ！」

『ヒッ……すみません……』

視線の先にあるのは、金のゴルディノス――その操縦席だった。

肉色の触手が蠢《うごめ》いている。

おそるおそる、という感じで、触手の一本が地を這って近づいてきた。アリシアの脚に、すがりつくように巻きついてくる。

内ももをこすり、アリシアの腰のあたりまで。

ぽたぽた、と脚の間に透明な雫《しずく》が落ちた。

彼女が微笑む。

「醜い！」

音がする勢いで、アリシアが触手を踏みつけた。

びちゅっ、と触手の先端から、白黄色のネバネバしたものが噴き出す。魔導機兵《マギマティックソル》と操縦者を繋《つな》ぐための《神経接続糸》だった。

腹部にかかった粘糸を、アリシアは手でぬぐい取り、舌で舐める。

「臭い」

『ウヒッ』

「ああ、なんとおぞましい姿でしょう？」

アリシアが爪先で触手をつついた。

『ブヒィイ……も、もっト……』

「もっと？　ふぅ……下僕が許しも得ずに主《あるじ》に要求をするとは……まだ立場が理解できていないようね？」

『ウッ⁉　うご……おゆるしヲ』

「うふふ……このわたくしが、醜悪な貴方《あなた》の相手をなぜいつまでも？　この場で、陛下の御命令が下るまで凍えているがいいでしょう」

びくびく、と触手が震えた。

『アハァァア……ほ、放置ィイイ……ッ‼』

ぶびゅるっ、とまた粘糸が噴き出す。

「ああ、本当に……世界はなんて汚物なのでしょう……早く、早く滅ぼさなくては♥」

アリシアは恍惚《こうこつ》とした笑みを浮かべるのだった。

異世界魔王と召喚少女の奴隷魔術

The King of Darkness Another World Story

SLAVEMAGIC

あとがき

祝！　ＴＶアニメ第二期決定！

アニメ第一期は非常に完成度が高く、ご好評をいただきました。そのおかげで、なんと第二期です！　応援してくださった皆様、本当にありがとうございます！

今回は一部分ですが、脚本を書かせていただきます。お楽しみに！


さて、今巻——

帝国編の完結まで書くつもりだったのですが……入りきりませんでした。すみません。

今回は従来の仲間たちとの王城攻略戦でした。戦記っぽいのも楽しかったけれど、冒険してこその本シリーズだなぁと感じます。いろいろと伏せていた情報もとうとう出せました。楽しんでいただけたなら幸いです。

次巻は、ディアヴロが初めてパーティーメンバーとして参加するクエストです。超高難度クエストですが……

今回は長々とお待たせしてしまいました。心を入れ替えて、次の巻は超がんばって早く出したいと思っています！　よろしくお願いします。

宣伝です。

イラストレーター溝口《みぞぐち》ケージ先生が企画もしている『14歳とイラストレーター』（MF文庫J）刊行中です。14歳のコスプレイヤーと、プロのイラストレーターの交流と業界ネタを盛りこんだお仕事コメディ。Kamelie《カメーリエ》先生によるコミカライズも好評発売中です。

読書狂の軍師と大剣の皇女のファンタジー戦記『覇剣《はけん》の皇姫《こうき》アルティーナ』（ファミ通文庫）刊行中です。ちょっと間が開いちゃってますが、鋭意執筆中ですので、こちらもよろしくお願いします。


謝辞――

鶴崎貴大《つるさきたかひろ》先生、二期ですよ二期。すごいことになっちゃいましたねー。

デザイナーのアフターグロウ大石《おおいし》様、今回もありがとうございます。

担当編集の庄司《しょうじ》様、書けなくなっていた頃に、何度も励ましてくださってありがとうございます。おかげさまで、また本が出せます。

講談社ラノベ文庫編集部の皆様と関係者の方々。応援してくれている家族と友人たち。

そして、読んでくださった読者様に最高レベルの感謝を！　ありがとうございました！

むらさきゆきや

シリーズ累計
250万部!!
(電子含む)
コミックス
1〜11巻
発売中!
ニコニコ静画
『水曜日のシリウス』にて
コミカライズ連載中!
原作公式サイト
http://www.isekaimaou.com
ニコニコ静画「水曜日のシリウス」
http://seiga.nicovideo.jp/manga/official/w_sirius/

ファンレター、
作品のご感想を
お待ちしています。

あて先

〒112-8001　東京都文京区音羽2-12-21
(株)講談社ラノベ文庫編集部 気付

「むらさきゆきや先生」係
「鶴崎貴大先生」係

より魅力的で楽しんでいただける作品をお届けできるように、
みなさまのご意見を参考にさせていただきたいと思います。
Webアンケートにご協力をお願いします。

https://voc.kodansha.co.jp/enquete/lanove_123/

講談社ラノベ文庫オフィシャルサイト
http://kc.kodansha.co.jp/ln
編集部ブログ http://blog.kodanshaln.jp/